From Interest to Taste

以文藝入魂

夜遊

□□解嚴前夕
一個國中女生的身體時代記

房慧真

獻給一九九一年三月出生的YH

目次

序

草坪的記憶

理查德．布勞提根的短篇小說〈草坪的復仇〉，用一塊草坪串接祖母、兩個男人還有超能力的故事。這塊草坪原來屬於祖父，異常矮小的身材，讓祖父覺得他更能貼近地心，有助預言的準確性。祖父成功預言第一次世界大戰的發生時間：一九一四年七月二十八日，超能力沒帶給他任何好處，他被關進瘋人院，直到去世。傑克是外地人，某日他在祖母門前停下車，上門推銷，一待就是三十年，在禁酒令時代，幫私釀威士忌的祖母送貨。祖父的草坪上種著一棵梨樹，成熟時梨子掉落腐爛，招來上百隻蜜蜂，蜜蜂像是被瘋人院的祖父施咒，只針對傑克，爬進他的錢包，結帳時啊啊啊啊啊……，或是停在他的雪茄上，螫了他的上唇，啊啊啊啊……傑克正開車回家，他直接把車子撞進屋裡，遍地狼藉。院子裡養了一群鵝，有次誤吃祖母倒在那裡的製酒殘渣而昏倒，祖母以為牠們都死了，帶去拔毛準備宰殺，拔完毛祖母上樓休息，無毛鵝一隻一隻甦醒，像怪異的外星生物，列隊在草坪梨樹下，迎接傑克歸來。

這塊草坪，一定有什麼巫術。瀕臨瘋狂的傑克，二度把車子駛入屋子前，心裡這麼想。

在我的記憶裡，也有一塊草坪，始終陰魂不散，不肯放過我。

一九八九年我仍未成年，第一次外宿，在中正紀念堂的一塊草坪上。那段經歷足以說明我與世界大事、他人苦難的脫節，以一種十足諷刺的效果。六月三日深夜橫跨六月四日清晨，臺灣聲援天安門晚會，一個國中女生才有藉口徹夜不歸，卻偷偷跑去迪斯可追星看演唱會。蹦跳結束，夜尚深沉，無處可去，我才來到廣場，前方架起大舞臺與北京斷斷續續連線，沉痛皺眉的臉孔，這麼多人還不想睡，我卻睏了，在遠離舞臺的角落，找一塊草坪睡去，寤寐之間，我依稀聽到臺上的司儀愈來愈激動，但我抵抗不了睡意如地心引力不斷下沉。醒來時，天安門廣場上的鎮壓已經結束。

廣場上年年都辦六四晚會，三十年來臺灣主體意識成形穩固，中國情結日益淡化，廣場集會的人漸漸冷清。每年六月我來到廣場，總會在晚會過後，找到當年過夜的草坪。象徵威權的空間，即使將「大中至正」改成「自由廣場」，草坪仍然野花不生，宛如軍人平頭被修剪得整整齊齊，三十年後躺上去，依舊馴順不扎人。

不只溫馴，草木無心，一如當年的我。在學校填塞大陸各省鐵路物產，早已沒了空隙，再不能裝進更深層的事物——關於公理正義的問題，我從來不想過問，只想在世紀末的浮華世界隨波逐流。我珍惜這份「天真」，那是零度地平線的校準，因為無知，才有後來回望的頓挫。白天讀書的國中，晚上常將操場借出給黨外運動，放學時與這些潮浪般湧來，生毛帶角的狂飆客逆行，毫無意識我錯過臺灣街頭運動最精采的一段歷史，當代史埋入地下成為根莖，等它再破土發芽，是三十年後我當了記者，才將臺灣民主解嚴史一課一課補回來。採訪時遇見當時手持攝影機的綠色小組，核對記憶，驚呼連連：「原來當年我也在場！」一個女孩的童稚眼光，以身體感知記憶的個人小史，像一隻細小的銀魚，從大歷史的網篩空隙溜走。

義大利哲學家喬吉歐．阿岡本的〈何謂同時代人？〉引用羅蘭．巴特：「同時代就是不合時宜」。阿岡本說：「真正同時代的人，真正屬於其時代的人，也是那些既不與時代完全一致，也不讓自己適應時代要求的人。……正是透過這種斷裂與時代錯位，他們比其他人更能感知和把握他們自己的時代。」

我出生在一九七〇年代，民國六十幾年，在臺灣有個說法叫「六年級」，在學生運動的光譜間，前不著村，後不著店，野百合運動時太小，太陽花運動時太老。只要有了運動徽章、學運印記便可說嘴一輩子，冠以一種世代。我和同齡的朋友說，六年級是陷落凹谷、黯淡的一代。

阿岡本提出同時代人的第二種定義：「同時代人是緊緊凝視自己時代的人，以便感知時代的黑暗而不是其光芒的人。……同時代人就是那些知道如何觀察這種黯淡的人。」阿岡本用夜空作比喻，在一個無限擴張的宇宙，最遠的星系以最大的速度遠離我們，它發出的光芒永遠無法抵達地球，這就是我們所感知夜空的群星以外，那一片濃密無邊的黑暗。

我有經年累月走夜路的習慣，「夜遊」是身體上的，日西沉，月色起，就是我牽著牠去遛達的時候，身體裡那頭晝伏夜出的獸，頻頻跳起，就快要躍出我的喉頭，豹衝出去。夜夜必得帶出門放風的，是我自己。夜遊也是精神上的，我長年閱讀大屠殺、勞改營、種族滅絕的書籍，看向人性最深沉的底部，那是但丁去了山巔回望的黑暗密林，餘悸猶存，也是宇宙間發光的星系以超光速離我遠去，所遺留下來的黑暗。阿岡本說：

> 在當下的黑暗中去感知這種力圖抵達我們卻又無法抵達的光，這就是同時代的含義。因此，同時代人是罕見的。正因為這個原因，成為同時代人，首先是勇氣問題，因為這意味著不但要能夠堅定地凝視時代的黑暗，也要能夠感知黑暗中的光——儘管它奔我們而來，但無疑在離我們遠去。換句話說，就像準時赴一場必然會錯過的約會。

成為印尼人（一）：機場經理

一九八六年秋

綠色護照封面有一隻展翅昂揚，用金線細細描繪的鷹。鷹的腹部掛著一個盾牌，上面有鏈環、榕樹、牛頭、稻穗棉花，以及居中的星星五種圖案。護照一九八六年十二月十二日從曼谷發出，照片中的我剛滿十二歲，國小畢業將要升國中。還有髮禁的年代，升上國中剪頭髮是一件大事，耳下三公分，髮際不能碰到衣領，我天生自然捲，半長不短的西瓜皮，讓髮根的捲度更加張牙舞爪，鋼絲頭、米粉頭、爆炸頭是國中三年如影隨形的綽號。照片中的我有著一股哀愁的預感，眉頭皺起，嘴角下垂，眼神陰鬱，為了拍證件照不斷用定型液固定住額前的那一片「鋼絲」，不知怎麼地很有熱帶風情，像是叢林裡盤踞的藤蔓，帶著溼熱的沼氣。照片裡的人，就像是印尼人，護照更確立其身分，那是臺灣還沒有大量引進印尼移工的八〇年代，父親帶著我們反向逆流而行。

父親花費大把金錢與精力，幫母親、姊姊、我都弄來一本印尼護照。辦護照前家裡有一股特別鄭重的氣氛，像是什麼正要發生卻還沒發生，暗潮洶湧正在底下醞釀。父親要我反覆練習護照上的簽名，他先在一張白紙上寫上我的英文名字的草書體，師大英語學系畢業的父親寫得龍飛鳳舞，好看極了，到我手上變成歪歪扭扭，飛龍落地貶為蟲蛇。父親很不滿意，頻頻用指頭彈奏我的太陽穴，練習再練習，直到辦護照那天，簽名畫押，我才如釋重負。三十年後，翻開早已失效的舊護照，歪斜的簽名沒有過度的雕琢，有種童稚的純真，不知為何，這簡單的簽名當時竟令我痛苦至此。

一九八六年，父親年近半百，自考進華航後，因為不擅社交，長蹲基層，一直升不了官。在我小學畢業這年，父親迎來千載難逢的機會，華航雅加達機場經理的職位開缺，父親是印尼華僑，印尼文、馬來文、英文、中文皆精通，是最合適的人選。父親極力爭取這個職位，他在臺灣職場水土不服久矣，能藉此把家遷回印尼，再好不過了。

機場經理與辦印尼護照這兩件事雙軌並行，一九八六年底，我讀國中一年級，護照終於辦出來了，父親的升遷卻半天折翅，學歷、語言與在地優勢，通通不敵華航職場如官場的人情紐帶。沒有關係背景，性格怯懦，總是低著頭唯唯諾諾的父親，使他不到一百六十公分的身高更顯矮小，像是果戈里或契訶夫筆下那些卑微的低階文官，撐不起機場經理的門面。升官不成，又貶回貨運組，那是不需應對旅客的冷宮。父親從來沒調回位於南京東路的華航總公司，權力的中心，只有每年暑假帶我們回印尼探親，申請免費機票時，父親才會踏入那座高樓巨塔，同樣是鞠躬哈腰陪著笑，把應得的福利弄成上面賞賜的恩准。直到六十歲退休前，父親每日清晨即起，五點半出門，趕第一班交通車到桃園機場上班。那個年代不叫桃園機場，而是中正國際機場，一如各地都有的中正路，姊姊讀的升學名校，在中正紀念堂對面的中正國中，威權冠名如癌細胞滋長蔓生。

父親工作的機場，對我們並不陌生，每年暑假我們都要往東南亞，旺季出國拿免費機票常候補不上座位，機場成了我們漫長擱淺的潮間帶。父親滿腹苦水，皺著整張臉在票務櫃檯和同事交涉，母親看管一家笨重的行李，我和姊姊把行李手推車當滑板車，滿場飛奔玩耍。直到大學畢業後，我才學會怎麼搭火車，搭飛機是胎裡帶來，母親說她懷胎時我就搭飛機，七〇年代中期到八〇年代末尾，每年都要出國，現今想來在當時是不太尋常的一件事。桃園機場在一九七九年啟用，在這一年小幅度開放出國觀光（十六到三十歲的男性除外，以觀光名義申請每年兩次為限），在這之前，僅能以就學、探親、商務等事由申請出國，且要經過經濟部、教育部或僑委會等主管機構核准，在一九七二年之前，出入境管制甚至把持在警備總部這樣的情治機構手裡。

七〇年代鎖國時期的家族旅行，香港、曼谷、吉隆坡、新加坡、雅加達都有我們一家的蹤跡，父親以探親名義，獲得僑委會許可才能出去。家族旅行橫跨戒嚴與解嚴，在孩童的心中絲毫不覺那條紅線的分別，只記得小時候出國，機場還沒有可以掃描行李的X光機，檢查行李大費周章，需要把行李箱開膛剖腹完全打開，裡頭的衣物全部掏出，一家大小的內衣褲就這麼坦露在海關以及其他旅客面前。出國旅行不易的年代，比照過年須穿新衣，連內衣褲也須全部換新，以免破洞泛黃引起旁人恥笑，方能「體面」地過海關。回程時大人總會趁著在香港轉機時停留一兩日，採買一些雲南白藥、白鳳丸等「匪貨」，在西環掛著風乾鯊魚翅的南北貨店鋪，母親總會再多買幾盒椰子糖或核桃棗泥糖，將糖果紙剝下，拿來包那些匪貨，回臺灣轉賣賺取差價。

到了八〇年代初期，出國觀光的人數仍未突破五十萬，一九八七解嚴這年已突破一百萬。解嚴前一年的一九八六年，我獲得一本印尼護照，成為「印尼人」，卻因父親的升遷不利，逃脫回歸「故土」的命運。波蘭導演奇士勞斯基的電影《機遇之歌》，搭上火車或者沒趕上火車，命運從此分岔，每一種結局是偶然也是命定。車站、機場、碼頭時常上演悲歡離合，是命運輻輳地，拿著那本印尼護照出境，短期內不再回來，在另一個平行時空「她」的命運，會是如何？

小學剛畢業，喜歡《西遊記》、《基督山恩仇記》還有亞森．羅蘋、福爾摩斯，剛開始讀《紅樓夢》讀到黛玉葬花。將長於北回歸線以北的植株連根拔起，移植到赤道南洋，在蘇哈托政權禁止華語教育多年的印尼，拔掉中文，重新學習印尼文，取一個印尼名字，成為家裡有來幫傭打掃煮飯真正的「印尼人」。半路拾起的印尼文，能夠足以讓我日後當記者，成為一個寫字的人嗎？半路丟下的中文，停留在小學階段，我還能把那本《紅樓夢》讀完嗎？

移植失敗，植株留下，一九八六年秋天以後，我成為一個國中生，國文課本裡的八股選文令我興趣缺缺，很快地我就將目光轉往重金屬搖滾樂與好萊塢電影，迷上槍與玫瑰還有艾爾．帕西諾，未完的《紅樓夢》要一直到大學讀了中文系才終卷。解嚴前一年的國中校園依然壓抑滯悶，感受不到任何外面街頭開始狂飆的氣氛。在以印尼華僑父親為首的小家庭，按先來後到的優先次序，比一九四九年外省人更晚到的「遲到的移民」，與臺灣社會的脈動更是脫節。父親每天早起搭交通車去機場上班，一九八六年十一月三十日這一天，他必然感到不便，但他回家之後不曾提過一句。

一九八六年，解嚴前一年，滯留海外多年無法返鄉的黑名單，開始嘗試突破禁忌闖關，由前桃園縣長許信良打頭陣。十一月三十日，大批群眾為了迎接在海外流亡多年的許信良闖關回臺，群聚在桃園機場外。許信良在一九七七年脫（國民）黨競選桃園縣長，獲得熱烈支持，為了杜絕行之有年的作票舞弊，不重蹈郭雨新落選覆轍，開票當天群眾主動監票，和選務人員發生糾紛，引發暴動，包圍、火燒警察局，史稱「中壢事件」。驚濤駭浪下許信良當選桃園縣長，一九七九年前高雄縣長余登發及其子余瑞言因為涉嫌匪諜案遭逮捕，明顯是構陷入罪的政治迫害，許信良、施明德等人發起橋頭遊行聲援，是臺灣實施戒嚴以來的第一次遊行示威活動。中壢事件的秋後算帳在兩年後，一九七九年許信良因為在上班日參加橋頭遊行，被公懲會以「擅離職守」為由，宣布休職兩年。年底發生美麗島事件，身為雜誌社長，當時正在美國的許信良雖然躲過一劫，卻再也回不了國，直到一九八六年試圖搭機闖關。

警察得到風聲，在通往機場的高速公路上，過境旅館前就先用拒馬和鐵絲網攔起，要出國離境的民眾，和機場內的工作人員，必須出示證件或護照機票，才能一一放行，提著行李的旅客必須提前下車，拉著笨重的行李走好長一段路，才能抵達機場大廳。封鎖造成諸多不便，讓當日機場大亂。

那是我完全觸摸不到的時空，未曾聽聞的事件，從「戰區」回來的父親也不曾捎回一絲煙硝味。我重新補課已是二〇一六年，在綠色小組的影像中看到鐵絲網另一邊的情景，那和父親平日工作場所——機場的冰冷禮貌有序不同。先遣隊伍從年底要競選立委的許國泰（許信良之弟）中壢總部出發，人潮洶湧，敲鑼打鼓聲不絕，不說還以為是什麼廟會進香活動。大隊浩浩蕩蕩出發，當時已八十幾歲的余登發老先生，聽到當年危難中義助的許信良要闖關回來，特地從高雄北上，並堅持要以雙腳從中壢走到大園，老先生左右需要有人攙扶，走了三個多小時才到拒馬前，迎接他的是強力水柱，眾人紛紛以衣物或旗幟遮住老先生，保護他不被水柱沖到。這張照片，很長一段時間都貼在綠色小組的工作室。

一九八六年九月底民進黨成立，年底的機場事件是反對黨成立後的第一場大型抗議活動。兩邊都在練兵，反對黨這邊是全省各地動員齊聚桃園機場，賣香腸和魚丸湯的都來了，擴音器與宣傳戰車開到拒馬前，輪番上去宣講；當局這裡派出的是真戰車，影片中一排裝甲戰車，上空還有直升機盤旋，公路下方的河床長滿芒草，給人一種肅殺的氣氛。偶爾有班機的起降，群眾的情緒隨著飛機起降高低起伏，每降落一次就以為是許信良回來了。一九八六年的冬天，氣候嚴寒，高速公路上風勢強勁，毫無遮蔽，被水柱沖過的人群衣服溼透，在風中簌簌發抖，隨之而來的還有漫起一片白霧的催淚瓦斯，僵持在鐵絲網前，群眾不退，隔著拒馬，群眾唱〈黃昏的故鄉〉，警察放愛國歌曲〈總統蔣公紀念歌〉；群眾丟石塊過去，警察也丟石塊過來，但是晚上播出的新聞沒有水柱棍棒催淚瓦斯，只有「暴民」丟石塊。

從直升機上灑下長條的傳單，形狀像廟裡的籤詩，上面寫「不要被利用，趕快回家」的心戰喊話。綠色小組的麻子（王智章）說：「這一定是事先印好的，為什麼說國民黨這次準備好了，我跑街頭運動從來沒看過這種從天而降的傳單。他們灑傳單，我們就對著直升機比七，那是菲律賓群眾抗議馬可仕，讓他下臺的手勢。」

一九八三年，菲律賓反對黨領袖尼諾伊．艾奎諾遭到暗殺，引發廣大民怨。馬可仕總統宣布將大選提前於一九八六年二月舉行，他靠著作票舞弊險勝，二月二十五日就職日當天，在馬尼拉市中心超過兩百萬名群眾集結抗議，促使馬可仕下臺，倉皇逃離出境。馬可仕在一九七二至一九八一年實施九年戒嚴，鎮壓異議人士，終被推翻下臺。同在東亞的臺灣、韓國這兩個威權政體，戒嚴維持更久，受到菲律賓革命成功的牽動，也紛紛爭取民主化，壓力鍋瀕臨爆炸邊緣。

距離菲律賓的二月革命不遠，一九八六年五月十九日，鄭南榕等人發起「五一九綠色行動」，要求停止戒嚴。原本遊行要從龍山寺出發，最後抵達總統府，在出發時就被警察團團圍住。麻子回憶：「警方用人牆把群眾和黨外人士隔離。我扛著攝影機被群眾抬起越過人牆，蔡有全在裡面接應。那天下著不小的雨，他站在戰車上帶喊口號，漏電的麥克風像燙手山芋，他還搞笑說，勇敢的臺灣人不怕電，馬上又被電得哇哇叫！」

蔡有全堅持「群眾路線」，在影片中他痛批反對運動不應該走菁英的代議士、議會路線。群眾路線的「群眾」到底是什麼？綠色小組的影片，讓我可以穿越時空，與群眾「相見」。群眾往往不是那些拿麥克風的，不是影片裡標上名字的，而純粹就是，鏡頭隨意掃到的路人。警察包圍遊行隊伍，外面又有更大一批群眾反包圍警察。群眾站三七步，在外圍用三字經ㄍㄧㄠˇ警察，一副流氓模樣。群眾下盤穩重，八字腿蹲踞在龍山寺圍牆的瓦簷上，一邊居高臨下偵測，一邊牆裡牆外輸送飲料便當，宛如孟嘗君門下的雞鳴狗盜之徒。彼時龍山寺對面，一整排小吃攤還在，吃一碗藥膳土虱的群眾把筷子放下圍上來。彼時的警察穿軍訓土黃顏色的制服，戴鋼盔，就有一種憲兵上身的感覺，不像現在改成相對較親民的深藍色制服。只是紀錄，不加雕飾的影片太好看了，除了街頭運動本身，八〇年代臺北街頭的氛圍，行人的穿著，陽傘的樣式，公共汽車的笨重，以及，庶民的「臉孔」。這些臉孔，是我現在生活中很少再見到的。這是中南部做農的移民臺北，成為市鎮小型加工廠的工人，棲居於三重新莊一帶，大概就像作家楊索或鍾文音在書中描寫過的父母。

第一代的移民者，融合著庄腳人的質樸憨厚，與大橋頭人力市場幹粗工活的生猛。那生猛只因搭火車從後站出來，首先遇上的，就是如湯英伸也曾遇過的職業介紹所，那樣人吃人狗咬狗天地不仁的新世界。第一代扎根下來，第二代、第三代的臉孔，逐漸被這都市文明現代性浸潤，馴化為我熟悉的文雅樣子。八〇年代解嚴前後，時代裡的粗礪臉孔，今已不復見。

來自婆羅洲，在航空公司工作的父親，豬籠草移植過來，在八〇年代已馴化為一身西裝襯衫的文雅樣子。臺灣八〇年代的民主進程與父親無關，與我們這個在臺北的孤島家庭無關。父親每日勤勤懇懇上班，和「機場事件」擦身而過。父親毫不知覺他擦身而過的是什麼，他所工作的華航與機場，和東亞的民主進程有如蝴蝶效應般牽絲勾連。

一九八三年被暗殺的艾奎諾，在桃園機場搭上的班機正是華航 CI811 班機。艾奎諾和許信良一樣，都是被迫流亡美國，千方百計要闖關回國的異鄉人。返鄉之路，艾奎諾先從美國來到臺灣，住在圓山飯店裡，等得到馬可仕的安全「保證」，才搭機啟程。在馬尼拉國際機場，華航班機停妥，他走下階梯時被開槍暗殺，正中頭部。艾奎諾在離開臺灣前曾舉辦記者會，開玩笑說他預備穿防彈衣，那麼殺手要射他的頭部才能讓他致命，一語成讖。一九八七年，菲律賓民主化之後，為了紀念艾奎諾，馬尼拉機場更名為尼諾伊・艾奎諾國際機場。曾把許信良拒之門外的中正國際機場何時更名？直到二〇〇六年才更名為桃園機場，那是父親過世的前一年，他已老人癡呆，久未踏足曾經的工作地點。一九七五年交通部民航局「用資紀念民族救星，時代聖雄故總統　蔣公」的命名從此走入歷史。

一九八六年十一月三十日的桃園機場事件，群眾最終沒等到人，許信良在東京轉機時被擋住，滯留當地。十二月二日，許信良借道菲律賓，試圖二次闖關仍未果。三年後，一九八九年許信良從中國搭漁船偷渡回臺，上岸後被當局以叛亂罪判刑十年。不是一九八七年七月就解嚴了？還有叛亂罪？《懲治叛亂條例》在一九九一年五月才廢除，這是白色恐怖時期最常用來判處政治犯死刑的罪名，刑度極重，可判處死刑之罪名共計三十種，包含七種絕對死刑。

奧德賽艱難返鄉，迎接他的是叛亂罪。機場事件中，用〈黃昏的故鄉〉對抗〈總統蔣公紀念歌〉，在這個以中正命名的機場有其特殊寓意。在臺灣民主化轉型階段，父親的認同呢？記得他要我們學唱印尼國歌，曾改編成中文歌曲的〈梭羅河畔〉也是他的鄉愁。一九九一年長榮航空開航前，華航是國內唯一一家航空公司，寡占令其收益豐厚。父親除了薪水還有一年到頭發放的獎金，他把那些獎金通通拿來辦全家的印尼護照，和中華民國護照同樣是墨綠色，那隻展翅昂揚的鷹比黨徽圖案生動許多。鷹肚腹處盾牌上的五個圖案，小時候我從來不知道是什麼意思，後來才知那是印尼建國五原則（Pancasila），置中的五角星星是第一原則：必須有宗教信仰，信奉獨一無二的神明。

蘇哈托在一九六七年上臺後，勒令國民不可不信仰宗教，須從五大宗教中（伊斯蘭教、基督教、天主教、印度教、佛教）自選其一，否則就會被視為是無神論的共產黨徒。每個國民都必須在身分證上注明是哪一種宗教信仰。

記憶裡父親自始至終抗拒任何宗教信仰。二〇〇七年秋天父親過世時，我們還苦惱了一陣，身後事該以何種宗教儀式舉辦，想到他極厭惡線香金紙的味道，基督教儀式大概還堪「忍受」。喪禮這天，牧師遲到很久，匆匆趕來滿頭大汗，虛應故事敷衍了事，當他一邊抹汗一邊說這位弟兄已去到天主的懷抱，我不知是想哭還是想笑。這一刻，父親第一次符合護照上「必須有宗教信仰，信奉獨一無二的神明」的那顆星星，成了實實在在的印尼人。

回到未來

一九八六年冬

上學途中，搭公車沿著和平東路左轉新生南路，過不久就要拉鈴下車，這一線上都是白千層，是我除了榕樹之外最早認識的樹名。它有斑駁可以一層一層剝除的樹皮，愈內層裸露出來的愈瑩白柔軟，校門口的那幾棵總是難以脫離我的魔手，在非常不快樂的日子裡，我一片一片剝它，就像也曾自虐地剝著自己身上未癒合的痂，掀開後，血絲滲了出來。

國小畢業前，為了升學著想，母親早遷好戶口，讓我跨區就讀。首選中正國中排不上，於是落到金華女中，這是一所歷史悠久的老學校，前身為日治時期創立於一九三七年的臺北家政女學校，國民政府遷臺後改為市立女中，在升初中還需考試的年代，是女中第一志願。一九六八年實施九年國教，校名改為金華女中，「金華」是蔣介石的故鄉浙江縣地名，以火腿馳名。將要入學的我當然不知道，不管是首選「中正」，或者次選「金華」都帶著濃厚的威權意義，只記得十分疼愛我，一向溫和的國文老師，有一次義憤填膺地在課堂上說：「居然有人直呼蔣介石，而不是先總統蔣公，真是太過分了！」我聽了一點都不覺得奇怪，畢竟國小參加合唱團，每學期校內外都會辦愛國歌曲比賽，不變的指定曲就是〈總統蔣公紀念歌〉，「總統蔣公，您是世界的偉人，民族的救星」響起時，身體如音箱隨之共振搖擺，知道哪邊該高揚哪邊該低迴。還有愛國作文比賽，保密防諜繪畫比賽，都是我拿手的項目，為我贏得許多獎狀，以及國小畢業的最佳才藝獎。

我帶著滿身勳章，從古亭越區到大安讀書，其實也沒隔多遠，搭公車大約四、五站的距離，卻彷彿來到一個全新的世界。我的同學都是大安區的小學畢業，他們早已彼此熟識，玩在一起，問我哪裡畢業，我答河堤國小，「沒聽過」、「是鄉下的學校嗎？」金華是一所大學校，當時一個年級就有四十班，依智力測驗編班，母親早有準備，讓我在升國一的暑假去「補習」智力測驗，我被編到前段班。入學後發現人外有人，天外有天，我被編入的班級只是「普通」好班，國小同學L智力測驗考得比我高，被編入「超級」好班，L說他們班上有許多人測驗成績其實不高，但他們是立法委員的小孩、外商公司總經理的小孩、銀行襄理的小孩，還有教務主任的小孩……，普通好班一個年級有十幾班，超級好班卻只有一班，科任老師都是一時之選。母親聽了洩氣，但後來又不那麼洩氣了，她發現那些一時之選在外面都有私下開設家教班。

放學後轉進永康街蜿蜒小巷，彼時還沒有捷運形成商圈，只是尋常人家，公寓二樓不大的空間擺滿補習班的長條桌椅，老舊滴水的冷氣機低頻悶響，有一股久不見天日的霉味。我們是密密麻麻被培養的菌類，牽絲勾纏，解算式時稍不注意就會肘擊鄰座。鄰座是個叫琇琇的女孩，和我一樣剪著耳下三公分的西瓜皮，毫不起眼，直到日後聽到〈如果雲知道〉，在那個逼仄的密閉空間，我們如沙丁魚前胸貼後背，連呼吸都是小口小口的，我從來不知道她能唱高音，肺活量那麼大。補習果然有用，第一次段考我考了全班第一，數學拿了滿分，福禍相倚，是災難的開始。班導師教數學，是個湖南鄉音很重的外省人，他上課講解常讓學生聽不懂，底下鴨子聽雷，他略顯挫折，要找個出氣筒。他把氣出在我身上，那張一百分的數學考卷上，顯然別有所承，背叛師門。自從我考第一之後，便不時被他叫起來罵，說我上課眼神飄飄的，心不在焉，是不是瞧不起他。他罵人也帶著濃重鄉音，有種飄零孤苦感，著實讓人恨不起來。他的身材乾癟，臉頰瘦長，頭髮灰白，彷彿生活裡沒有太多滋潤。掐指一算，一九八六年距離一九四九年，他來臺至少三十七年，假設當時超過二十歲，此時也六十歲左右，屆臨退休，我們這一批成長於解嚴邊緣時代的孩子，大概是他教的最後一批學生。我不也曾經是「外省人」嗎？一九九二年立法院修正《戶籍法》，將大陸籍貫刪去以前，戶口名簿上，父親、姊姊、我這三個姓房的人，祖籍都是「廣東大埔」，只有母親是臺灣省臺中縣人。當時學校還有幾位鄉音濃重的外省老師，上課時學生聽不懂，自認倒楣，下課自行補救，沒有現在動輒檢舉不適任的風氣。母親要我忍一忍，忍住導師上課的無端斥責，升上國二重新編班就會好了。

我絲毫沒有察覺，那時令外省老師不安的，可能還有另外一個因素。傍晚放學，忽然發現學校周圍特別熱鬧，攤販聚集過來，有一大群社會人士與放學的我們逆行，大人們如潮水一波一波湧進來，他們為何而來？我隱約知道，學校操場晚上時常借給外面辦活動，不只週末，平日晚上也是如此。放學要趕著吃飯，吃完飯趕著補習，我從來沒有留下來弄清楚，那些究竟是什麼活動。為什麼在一九八六到一九八九我讀金華女中的三年內，活動如此頻繁，我還曾撿過前夜的傳單，依稀記得是些慷慨激昂的文字。

不管前夜再熱鬧，隔日早上，依然是那個令人厭惡的司令臺，國父遺像，升旗典禮，國旗歌，遲到的學生出列示眾，沒完沒了的朝會訓話，規矩威嚴通通回來了。我明明記得昨天晚上湧進校園的那群人，在烤香腸魷魚的煙氣下，臉上浮著油光，他們的身體語言蓄勢待發，鼓譟著，跳動著，有一股要衝破什麼的蠻野氣味。

✧

操場司令臺上，我入學不久，國一上學期，一九八六年十一月十日，剛成立的民主進步黨在此辦晚會。國一下學期，一九八七年四月十八日，鄭南榕在臺上喊出「我是鄭南榕，我支持臺灣獨立」。國二上學期，一九八八年底，「客家人還我母語」運動，擔任副指揮的林一雄，後來推動創辦《客家風雲雜誌》、寶島客家電臺，當時他同時是金華的英文老師，兼任校長的英文祕書。金華女中之所以成為黨外活動的民主聖地，黨外人士正是透過他向學校商借場地，常有外省籍的教師表示反對，都靠林一雄的協調以及校長林金練的包容，才讓黨外異議活動可以在這裡生根發芽，再向外擴散，遍地開花。

一九八六年九月的林正杰十數場街頭狂飆運動，最終場選擇在金華女中舉辦，隔沒幾天九月二十七日林正杰入獄，二十八日民進黨於圓山飯店組黨，街頭狂飆運動被視為是反對黨成立重要的推波助瀾。

九月街頭狂飆是繼一九七九年的橋頭事件、美麗島事件後之後，首次的大型示威遊行活動。林正杰當時是臺北市議員，在議會質詢國民黨籍的議員胡益壽向銀行違法超貸上億元，議會質詢言論卻沒有免責權，九月三日，臺北地方法院以誹謗罪判刑林正杰一年六個月，褫奪公權三年。聆聽判決當日林正杰帶著一口鐘，從臺北地院一路狂奔到總統府後門，將那口鐘狠狠地砸過去，碎裂一地，為司法送終。林正杰掙脫警察的狂奔起跑，開啟入獄前二十多天，跨越北中南的十二天街頭狂飆運動。

一開始林正杰以與選民道別的名義，來到鬧區，站上椅子，拉開布條開始宣講，人愈聚愈多，口耳相傳造成轟動，不只在臺北，還擴散到中南部。《自由時代》等黨外雜誌發行商才哥記得臺中那一場，憲兵隊得到消息，在高速公路苗栗造橋收費站就提前封鎖，每一輛車停下檢查。才哥車上滿滿的黨外雜誌，都是等一下要拿到活動現場販賣，「我寧願自己燒掉，也不要給他們取締沒收，我在高速公路旁邊，點火把雜誌通通燒掉，我當然損失慘重，但就是一個字：爽！後來我因為在高速公路焚燒廢棄物被罰六千元。」

綠色小組麻子記得林森北路那一場，戲院前掛著《回到未來》的巨幅電影看板。米高．福克斯飾演的十七歲高中生，意外搭上時光車，從一九八五年回到一九五五年，回到未來其實是回到三十年前的過去，他要證明自己真的是時空旅人，有人問他：「一九八五年的總統是誰？」他答：「雷根」。眾人為之譁然：「那個演員？怎麼可能！你胡說。」

一九八五年的美國電影一九八六年在臺灣上映，看板底下集結的人潮不為電影而來。警察將整條街封起來，林正杰被群眾扛在肩上，人群裡有人喊衝，衝過警察設置的重重路障，一路衝往當時在中山南路、忠孝東路口的臺北市議會前，麻子在橋上拍攝，「戒嚴三十幾年，整個社會醞釀到一個程度，尤其黨外雜誌一九八四年蓬勃起來，也兩年了，整個社會像一鍋煮得快開的熱水，街頭狂飆就像最後一根柴，適時把水煮開。那時候還在摸索什麼是街頭運動，還沒有那種可以站上去講話的『戰車』，只是很簡單地把人扛在肩上，有個政治素人阿輝這十幾場一直護著林正杰，我後來把他找來綠色小組工作。」

中壢、新竹、臺中、高雄……從外縣市巡迴一圈回來，最後一場在金華女中，麻子也到場記錄，「大概有上萬人，操場擠不下，人潮滿到外面。」麻子提到，校門口的新約教會信徒，用兩根竹竿撐起一條大布幔，立在金華女中門口，成了他們以後的模式。「他們罵蔣經國罵得很凶，布幔上寫的是『蔣家暴政必亡』之類的話，在那個年代他們敢那麼大膽激進，其他團體好像也就沒什麼好怕的！」八〇年代中期，黨外活動的場子都看得到錫安山新約教會，且走得更前，罵得更凶，布條上怵目驚心的紅字詛咒蔣經國，痛訴他是「賣國賊」，要拔除蔣家毒根。

大約一年前，一九八五年底，新約教會在中正國際機場與警察發生激烈衝突。上百名信徒到機場迎接馬來西亞朝聖團，等在現場的是三千名鎮暴部隊的強力鎮壓。起源於香港的新約教會與國民黨當局的纏鬥可上溯六〇年代，一九六三年信徒來到高雄縣甲仙鄉小林村的雙連堀開墾拓荒，一九六四年取得合法承租權，將依山的農場命名為錫安山。一九七〇年代成了警備總部的眼中釘：錫安山建立人民公社基地，是必須剷除的毒草。一九七四年成立「清岳專案」設立入山檢查哨，入山須辦理許可證，難上加難。一九七七年往錫安山的小林檢查哨規定僅有農工能辦理入山證。一九八〇年，高雄縣警局勒令錫安山信徒全部下山。無家可歸的信徒先借住廢棄豬寮，後來又到河灘地上搭帳篷，吸引許多海外信徒前來共「患難」。一九八二年，警察半夜臨檢小林河灘，並派怪手將帳篷、棚屋暴力拆除，政府當局控告信徒竊占河床地。

愈是打壓，信徒愈起而反抗，一九八五年十二月七日在桃園中正機場，海內外信徒大會師，鎮暴警察嚴陣以待，以查身分的名義，將信徒拖到機場廁所、地下室毒打。有的信徒被打到腦震盪，無法行走，甚至屎尿失禁，其中有五人傷勢嚴重，被救護車送到林口長庚醫院救治。知道送來的是「滋事暴民」，長庚醫院態度消極，信徒拒絕出院，展開長達三年多的長庚醫院抗議行動。錫安山的確不好惹！機場大會師讓信徒被控告妨礙公務罪，明明遭到毆打，卻還要面臨秋後司法算帳，開庭時信徒前往高等法院聲援，警備總司令部就在附近，信徒們拿出預藏的看板「萬惡的蔣家王朝必遭天誅地滅」、「暴君必滅，暴政必亡，蔣家王朝到此完畢！」李明偉先生的口述歷史說：「在警備總部面前拿這樣的看板還得了！」路人走過來看到這樣驚世駭俗的看板，「大概覺得整個場面太震撼，所以這些在場的人好多都打電話去通知親朋好友來看，似乎有種不來看會終身遺憾的感覺。」時間是一九八六年九月，臺灣解嚴之前。

✧

九月狂飆最終場金華女中，面對滔滔人海，麻子很想拍個長鏡頭，他先跑到樓上教室走廊，拍攝散場時人群扛著林正杰，如海潮逐漸向外退散。接著他小跑步到天橋上，拍警察與群眾對峙。「我跑到新生南路、和平東路的天橋上等他們過來。好多人手持劍蘭，拿劍蘭好像是第一次，後來的抗議常用。人群走到龍安國小前被警察擋住，那時候我們都知道第一排的憲警是還在警校讀書的學生，群眾這邊是婦女站在第一排，把手上的劍蘭交出去。」「那時候每次活動會場外面停滿機車，都會有人來抄車號，不知道警總是記真的還是做做樣子，總之會讓人產生懼怕。我拍街頭狂飆也是，人群從一開始會害怕閃躲鏡頭，演變成紛紛站在鏡頭前要搶鏡頭，也就是短短一兩年的轉變，尤其是隔年就解嚴了，更不懼怕。」

三十年後，我才知曉當時十三歲的自己，正處於陰陽魔界的中陰地帶，不只橫跨解嚴前後，劍蘭、傳單、黨外活動集會、填滿人的操場、民主香腸、藥燉排骨、黨外雜誌，司令臺上用布幕遮住的國父遺像、校門口蔣家倒臺的錫安山布幔，以及其他禁忌的色情書刊與錄影帶也一迸混入……活動會場的攤販，綠色小組的社運影帶旁邊就是清涼寫真秀也無傷大雅，激烈的街頭運動與牛肉場情色電影院並行於八〇年代中期，異質空間互為交織成叢林裡獵豹身上斑斕的花色。

華燈初上，民主夜市，痲子會提早到現場，將綠色小組所拍攝的桃園機場事件、五二〇農民運動等錄影帶鋪貨給攤販。小販攤位上的電視，總是播放綠色小組所拍攝的街頭抗爭影帶攬客，客人一上攤位，攤販就會喊「支持民進黨」，綠色小組的片一支三百塊，十個有九個客人會掏出一千元，衝著「支持民進黨」這句話，阿莎力地說：「免找。」痲子笑著說：「我會調侃那些攤販，你說支持民進黨，其實是支持孫中山（按：指鈔票上的國父頭像）才對啦！」

麻子說：「攤子上除了我們的社運帶子，還會販賣色情錄影帶，就像書報攤除了有黨外雜誌也有色情書刊。那時候禁什麼，就風行什麼，只要禁忌就好賣。在場子裡賣A片A書，從來都不會被抄，因為聚集很多群眾，警察不會自找麻煩，這些販賣禁忌物品的攤販，等於被群眾保護著。」

解嚴之後的一九八八年，開始在重慶南路賣藝術電影錄影帶的「秋海棠」老闆陳袓飛，原先是黨外雜誌的業務，雜誌滯銷賣不掉時，就會到黨外活動演講場賣，他說：「警總的人會等在書店外面攔截沒收雜誌，在黨外演講會場他們不會進來，因為場子裡都是擁護黨外的群眾，警總進去會引起不必要的騷動，所以裡面變成化外之地。」

陳袓飛在黨外的場子賣滯銷的書報雜誌，隔壁攤就在賣盜拷來的綠色小組錄影帶，還有日本演歌、黃河長江等大陸風光。一九八四年錄影帶出租店全臺共有八千多家，達到歷史的高點，家家都有錄放影機。八〇年代解嚴前後正是臺灣經濟起飛的年代，能衝破戒嚴禁忌的除了群眾支持黨外的動能，還有消費的力道。陳袓飛發覺賣錄影帶太好賺，不賣黨外雜誌了，改賣大陸風光的錄影帶，少林寺、阿羅漢、長江黃河灕江、絲綢之路讓他賺了第一桶金，「秋海棠」的取名正由此來。陳昶飛說：「中華民國完整地圖就是秋海棠，所以我是大中國思想，要統一中國大陸，我們那時寫作文都說解救大陸同胞於水深火熱之中。」

解救大陸同胞於水深火熱之中，將青天白日滿地紅的國旗，插在秋海棠的每個角落。我依稀記得，剛上國中，我的作文還是這麼結尾。關於那片秋海棠，要死背的東西可真不少，南北貫通東西縱橫複雜無比的鐵路經過幾個省會，人參貂皮烏拉草，各省有什麼物產，秦嶺以北大興安嶺以西一年幾穫，降雨量多少。我們所背誦的都來自一片死土，全然無用的地理知識，填充原本十三、四歲最靈活的腦袋。

真正的活歷史，是刁難我的湖南鄉音外省老師，是過了馬路來買秋海棠錄影帶，住在金華女中對面眷村（現址為大安森林公園），空軍建華新村、陸軍岳廬新村的老兵們，我視而不見，他們和每天晚上的黨外集會一起深埋地下，到了早上的朝會，無影無蹤，毫無聲息。

動盪展開的時代新頁，朝會時我所擔心的只是服儀檢查。學校規定頭髮的長度，也不能戴任何飾品，即使是黑色的髮箍也不行，少了髮箍壓制住我的自然捲，一頭美杜莎的蛇髮愈加張牙舞爪。球鞋也須純白，冬天寒流來了不能穿背心，因為那是制服以外的。炎熱的夏天在薄透的白色上衣內要加一件背心，要不然就會走光，不能抱怨制服薄透，因為那是學校統一發放的劣質品。學校老師在外私設補習班，會考的上課不教，在補習班教。班導師開了補習班，你不去補習，就走著瞧。

一九八六年我們活在戒嚴的時空裡，渾然不知戒嚴是何物，隔年夏天的解嚴也來得無聲無息。在學校裡，我們仍然維持著耳下三公分，講臺上的老師依然手持藤條，錯一題打一下手心，老師深知我們這些少女的心理，我們不怕痛，一點都不怕藤條甩下來的辛辣感，我們怕的是丟臉，是被當眾斥罵，被叫上講臺，雙手併攏高高舉起，一下兩下三下四下五下。有時不夠打，老師怕把手打殘，會命令我們轉過身，雙手搭在牆上，彎下身撅起屁股，一下兩下三下四下五下，背對同學的臉脹成豬肝色，屁股面積大比較不痛，但這是最終極的羞辱方式。被當眾羞辱的代價，是終於擠進了「特別」好班，而不是繼續留在普通好班，但離權貴專屬的「超級」好班還有一段距離。國一下課一起去吃溫娣漢堡的同學，在分班時一路向後滾，滾出了普通好班，從前她會和我一起在校門口剝那棵白千層，我們說剝下來的樹皮好像紙片，可以用來寫罵導師的髒話。如果不用趕著補習，留晚一點，那麼我們就可以看到校門口被人用竹竿高高撐起的布幔，堅硬的地殼在鬆動，當今總統都可以連名帶姓地痛罵，我們還有什麼好怕。

參考資料

- 薛化元、游淑如、陳世芳等著，薛化元主編，《威權體制 vs. 宗教信仰——新約教會錫安山政治案件之研究（1963–1986）》（新北市：國家人權博物館，二〇二二）。
- 房慧真，〈酒徒不死，只是凋零——「阿才」余岳叔專訪〉，《報導者》，二〇一八年三月二日，https://www.twreporter.org/a/chai-restaurant-close-and-interview-with-yu-yue-shu。
- 房慧真，〈盜亦有道——專訪「秋海棠」錄影帶專賣店老闆陳昶飛〉，《報導者》，二〇二一年三月十九日，https://www.twreporter.org/a/saturday-features-film-hivideos-chen-changfei。
- 麻子王智章口述紀錄，二〇二三年三月。

泥河

一九八七年夏

一九八七年七月，依照往年暑假慣例，父親帶著全家回雅加達探親，跨過地理上最重要的那條經緯線，來到赤道附近。對於日常所生活的那塊比婆羅洲小得多的島嶼上，這一年的七月十五日結束長達三十八年的戒嚴，我們渾然不覺。

暑假結束，我的膚色經過整個夏天的赤道太陽曝曬後，又更黑了一點。那個年代，可以時常出國的家庭並不普遍，升上國二，重新編班，成了我可以拿來驕其同儕的談資。H見到我曬黑，問我暑假去了哪裡？北海岸？墾丁？我回答都不是，是回印尼。「印尼？」H的尾音提高，「那不是很落後的國家嗎？為什麼要去那裡旅行？」這樣的目的地一點都不值得欽羨，畢竟H只和我同班一年，升上國三，她就飛往雪國加拿大當小留學生。「不是去旅行，是『回』印尼，我們每年暑假都要回去，我爸在印尼出生。」「你爸是印尼人?!」「不是，他是印尼華僑，和印尼人完全不一樣，華僑不可能和印尼人通婚。」

如鋼絲般捲曲的爆炸頭，曬黑的皮膚，雙眼皮厚嘴唇，H的眼光像一面鏡子照著我，我必須趕快澄清，擺脫嫌疑，父親的家族沒有「混到」印尼人的血。

不只澄清我還加料，對著H以及漸漸聚集過來的同學，說起熱帶南方的那一座奢華宮殿，帶花園的洋房別墅，表姊菲莉只比我大一歲，還過著茶來伸手飯來張口的千金小姐生活。十五歲的菲莉從來沒有彎下腰自己穿上鞋襪，身旁隨侍的是和她一樣十來歲的印尼少女。姑姑家不是巨富之家，只是華人社群裡稍微富裕一點的家庭，就能請得起不少傭人，可見印尼的貧富差距懸殊。傭僕成群，有住在家裡的童工，她們每日幫菲莉整理書包，燙好學校制服，穿好鞋襪出門，但她們自己是失學的童工。菲莉上學有司機接送，菲莉的哥哥提姆的學校在另一個方向，兩個孩子就要兩部車兩個印尼司機接送，姑丈去巡視店鋪，姑姑帶僕人出門買菜，都需要司機。華人家庭隨時備妥三、四部車，等待的空檔，司機們認分地候在門外，從來不曾進屋來，姑丈說：「他們很守規矩，即使要拿車鑰匙，都不曾自己進屋來拿，寧願一直等在外面。」

菲莉是姑姑最頭痛的一個孩子，從小嬌生慣養，「十五歲吃飯都還要僕人拿著湯匙餵，不餵她就不吃飯，誇不誇張？」H的嘴巴張成O字形，這座富有異國情調的熱帶宮殿，還帶著殖民時期奴隸制度的遺留，超乎H的想像。我漸漸知道，H身上總有種睥睨他人的傲氣是怎麼來的，不像我每天早上擠公車，常遲到被罰站，H每天上下學都有賓士轎車接送，只不過，開車接送的是她的父親，而非司機，H家裡有請一位煮飯打掃的阿姨，每天來工作半天，和我的南洋表姊還是差了一截。在H家煮飯的阿姨，和母親是一樣的性質。在我小五、小六時，母親也曾去幫人煮飯打掃。每到假日我還在賴床，母親就會把我挖起床，陪她一起去菜市場，她買好兩個家庭的份，一份帶走，另一份讓我帶回家，等她晚上回來煮。母親幫傭的家庭有個很特殊的姓，司徒一家是香港人，當時臺北正值挖馬路蓋捷運的交通黑暗期，司徒先生被高薪請來當工程師，捷運蓋好他們就要回香港，臺北只是短居。司徒家離開時，把一臺紅色的吸塵器送給母親，如今看來十分老舊的機型，當年是時髦的新鮮物。一九八七年秋天，國二上學期開學不久，H請班上同學去她家玩，事後我才知道那是H在展示家底火力，大安區的獨棟樓房，獲得邀請的同學不多，都是H精挑細選，H並沒有邀請我。我的南洋故事吸引了H，她逐漸把我當成朋友，直到她離開臺灣，到雪國當小留學生，還時常寫信給我，越洋飄來的信寫她在異地求學的孤單與格格不入，署名凱薩琳，令人想到俄羅斯的女皇大帝。

故事有明面與暗面，我沒有告訴凱薩琳那條泥河的故事。印尼的華人並非全都如菲莉家那樣富裕，時常和洋房別墅一牆之隔的就是疊床架屋的簡陋木屋，低窪地帶的高腳屋，下一場雨就淹水，積水不退混合汙泥，日曬後發出難聞的氣味。

每次回雅加達，第一站必定是爺爺家。爺爺家在窄巷中，車輛進不去，我們下了計程車，在大路上卸下笨重的行李，再招來兩輛人力三輪車，要繞過外層一大圈木屋區，才能抵達被包在中間的爺爺家。爺爺家附近的巷弄彎曲如迷宮，唯一可辨識方位的地標就是流過這地帶的泥河。泥河不太流動，看上去黑糊糊呈濃稠質地，介於液體與固體之間。八〇年代，這一帶還沒有下水道等排汙建設，所有髒汙的排泄物都直接排進河裡，爺爺家隔沒幾天就要叫一次水車，洗澡煮飯的水一桶一桶買來。周邊的窮困人家沒有錢叫水車，便與泥河共生，上游有人便溺，下游有人盥洗，是常見的場景。住在爺爺家，即使關起窗子，將這些黑色汙泥拒之門外，眼不見為淨，仍抵擋不了赤道太陽曝曬下蒸騰而起的沼氣，從窗縫鑽進。從縫鑽進的還有每天清晨穆斯林晨禱，透過廣播呱啦呱啦強力放送，總會將我吵醒。

爺爺很疼愛我，彷彿想補足他的兒子、我的父親不曾給我的父愛，但爺爺家待三天就夠了，我暗自期望父親跟爺爺一言不合大吵一架，像以往一樣，父親在爺爺家總待不住，一氣之下打包行李。我慫恿姊姊對父親說：「想去找菲莉玩」，其實我和姊姊一點都不想念菲莉表姊，不想念那個驕縱的大小姐，只是想念她家的眾多客房，我們不必像在爺爺家打地鋪睡覺，想念她家的冷氣與彈簧床，剖開的椰子汁，每天下午傭人從外面買來的娘惹椰汁糕點。打開窗就是花木扶疏的花園（雖然圍牆外面還是亂糟糟的骯髒市容），不必面對那條泥河。如此一來，每年如候鳥南歸的家族旅行才有意義，我那時遠遠不懂貧窮旅行的真髓，不懂與第三世界文化撞擊的可貴，我是中產階級家庭養大的小孩，在臺北沒看過什麼泥河，沒聞過什麼刺鼻的氣味。八、九〇年代之交的臺北，僅有地下捷運工程不時敲敲打打揚起煙塵，造成交通打結。司徒先生回國後，就會迎來一個嶄新亮麗的新臺北，捷運現代化的臺北，我受惠至今。

捷運完工三十年後，我很少再想起司徒家庭以及那臺紅色吸塵器。我住在臺電大樓捷運站一帶，每天路過，偶爾才會注意到二號出口旁有一塊碑石，「捷運新店線潛水夫症勞工之紀念文」。一九九三年捷運新店線二二一標工程，總長兩百二十二公尺，地下水滲入，施工緊急搶救，採壓氣工法強灌入一．三公斤的大氣壓力抵擋滲水。工程採二十四小時三班制，沒有管制工人進入的時間，造成新店線加板南線共有四十四位工人得到潛水夫症。這些外包再外包出去的工人都來自外縣市，有一批工人來自東部的花蓮縣玉里鄉，工程結束後返鄉，與一身病痛搏鬥，後患無窮，日後只能打零工維生，很多人從來沒有搭過自己蓋的臺北捷運。

一九八七年十月二十日，我剛過完十三歲生日，住在高雄煉油廠附近的後勁居民，在半夜搭上遊覽車，北上來到立法院抗爭。後勁聚落位於高雄煉油廠北邊，緊貼高汙染的二輕以及氣味濃烈的硫磺工場。高煉廠的歷史可追溯至日治時代，戰後中油接手，陸續興建一輕（一九六八）、二輕（一九七五）。多年來後勁人彷彿次等公民，天降油雨，到處油漬斑斑，在家點蚊香都能引起爆炸，一九八七年六月要繼續興建五輕的消息一出，後勁人再也按捺不住，在剛解嚴不久的七月二十四日，人群圍住高煉廠，埋鍋造飯，開啟長達三年的「後勁反五輕」運動。地方上供奉神農大帝的鳳屏宮，聯合在地四間宮廟，在八月撥款兩百萬支援反五輕運動，居民包遊覽車北上抗爭的費用即由此來。

十月二十日，先去環保署陳情，接著轉往立法院抗議，四百多人身穿印有「我愛後勁，不要五輕」字樣的白色上衣，手裡拿著「怨」、「恨」的牌子。一位阿婆尿急想要去立法院借廁所遭到警察阻擋推擠，爆發衝突，兩人被捕。當時唯一能接收此資訊的就是三臺新聞，無一例外，被烙上「暴民」的印記，是為第一代「環保流氓」，可送綠島管訓。

臺北沒有泥河，高雄後勁有，有的不只泥河，是能殺人於無形的毒河。二〇一五年解嚴近三十年後，我搭高鐵南下，直達車九十分鐘抵達左營，列車進站後向左看就是高雄煉油廠，已經不再運作，十幾層樓高的油槽彷彿武功盡廢的巨人就地罰站。高鐵車行平穩，不太起顛簸感，出差可當日往返，我不太能想像後勁居民北上抗爭的身體感，只能從林生祥、鍾永豐為美濃反水庫寫的戰歌〈夜行巴士〉中揣摩：

連夜趕路　遊覽巴士它漸行漸北
頭昏腦脹　雙目圓睜　我看著夜色

黑雲掩月　一次又一次
讓我想起那從前的從前

一九九〇年九月二十一日，新上任的行政院長郝柏村欲重擊環保流氓，以二千五百名鎮暴警察結束三年的圍廠抗爭。二〇一五年底五輕熄燈，畫下休止符，我的身分是記者，多次南下做專題採訪。一九八七年十月北上立法院抗爭的阿公阿嬤凋零殆盡，抗爭主力的青壯年輩也如風中殘燭，西裝師傅劉永鈴是抗爭領袖人物，原本拿來剪西服的大剪刀，後來都拿來剪抗爭布條，後勁西裝店成了抗爭基地，改名「『反五輕』西裝店」，這是接待外地聲援參訪團體的第一站，往往以此為起點，沿著被排放廢五金化學物質，嚴重汙染的後勁溪，一路來到出海口。阿斌當年是大學生，幫忙「導覽」行程，他說：「最後帶他們到後勁溪出海口，夕陽將海染成一片紅，白鷺鷥飛回紅樹林，很美，很壯觀，但也十足諷刺。」西服店裡的布料久久沒動過，蒙了一層灰，抗爭三年，阿斌從來沒有看過劉永鈴做過一件西裝，「我爸還叫我給他做一件西裝嘛，要不然他都沒收入。」

抗爭分鷹派與鴿派，劉永鈴是死硬派，堅持不拿回饋金，抗爭失敗後，西服店維持不了多久，關門大吉。從此只是餘生，劉永鈴晚年在後勁溪畔種竹筍，過得並不太好。

二〇一五年底五輕關廠，高雄煉油廠熄燈，正義不是不來，只是遲到了二十五年。為了慶祝關廠，居民在鳳屏宮前舉辦晚會。劉永鈴中風過，腿腳不方便，看著臺上的演出，靜靜地抽著菸，滿臉滄桑，若有所思。我和小我十歲的年輕同事前去和他攀談，他一見我們就眉開眼笑，露出日久嚼檳榔而腐蝕的牙齒，滿嘴紅通通的，距離他因舌癌病逝還有一年。結束後他邀我們去慶功宴，猶然笑瞇瞇的，一直喊我們「漂亮妹妹」。劉永鈴是否想到，一九八七年那個夏天開始，好多教授造訪後勁，大學生跟他一起剪抗爭布條，西裝師傅只有初中畢業，大學生尊他為師，教授把他當朋友，怎麼能不受寵若驚。照片裡的劉永鈴只有三十出頭，濃眉大眼，英俊瀟灑。三十年後，鄉人跟我說，劉永鈴最大的遺憾就是沒有結婚，他把一生奉獻給運動，仗義多情，二〇一五年他看向「漂亮妹妹」的眼睛，眼白部分已混濁，不若年輕時那般黑白分明，仍然是種難以阻擋的生命驅力，有遺憾，有柔情，還有一絲欲望。

幾年前在一個酒攤，我曾遇見一位白色恐怖受難者樹伯，遭受過兩次酷刑。樹伯說刑求時把他吊起來兩手張開，用繩子綁住食指，要一直墊腳尖站著撐住，「我的食指被拉到有原來的兩倍長。」一位老婦進來沿桌賣花，到了我們這一桌，我揮揮手說不要，樹伯掏出五百塊，跟她買了一束玫瑰送我。出獄後樹伯在街邊賣番薯，很懂得攤販的辛苦。比樹伯晚一個世代的社運人芝麻也在場，芝麻說，他第一次見到樹伯是在一九八五年，那時樹伯二進宮坐第二次牢剛出來，初見他就欣賞這個很有衝勁的小夥子，他對芝麻耳提面命：「你如果決定要走這條路，千萬記得一件事，不要結婚生子，不要有家庭負累。」

樹伯喝醉了，我們把他送上計程車，臨上車前，他又說起讓他痛不欲生的刑求，電擊大腿內側鼠蹊部，讓他日後不能生育。東倒西歪的樹伯終於坐上車，關門前他又對著我說了一句話：「我的性慾還是很強，只是現在沒有女朋友。」樹伯看向我，看向漂亮妹妹的眼神，跟劉永鈴一模一樣。

隔壁的女孩

一九八七年秋

我在隔壁房間，一大早就能聽到女孩的聲響，清晨五、六點，穆斯林的晨禱聲隨廣播強力放送，彷彿來自古老東方神祕的咒語，將女孩背上的發條轉緊，再轉緊，開始上工。

我聽見女孩起床，淅淅瀝瀝水流聲，女孩的雙手浸在肥皂泡沫裡，搓搓洗洗。這個家庭不是沒有洗衣機，但頂多拿來洗床單棉被套，嬸嬸堅持衣服要用手搓洗才乾淨。大盆子裡滿滿的衣服，是昨夜叔叔一家洗澡後換下的，叔叔嬸嬸，堂哥堂嫂還有他們的兩個孩子，三代同堂一家六口宛如不斷褪皮的蛇。有潔癖的嬸嬸規定，只要出門，回家就要洗澡，換下所有被外面「汙染」的衣物，洗去圍牆之外嬸嬸覺得「髒」的東西。

在南洋一天至少要洗三次澡，早上沖涼，出門剛回來，以及晚上睡前，我沒這個習慣，洗這麼多次覺得皮都要洗皺了，從外面回來在客廳坐著不動，嬸嬸的眼神如探照燈往我這裡逡巡，「真真妳怎麼不去沖個涼呀？衣服趕快換下來給傭人洗。不要坐著，趕快去～」

在雅加達的早晨，我的早上已經是十點過後，懶起梳洗完，想著要吃烤土司塗咖央（蛋黃椰子醬）配泥漿一般的咖啡，還是嬸嬸從早市帶回來的甜甜鹹鹹的客家炒粿條。吃完早午餐，我昨夜換下的衣服已經洗好曬好燙好摺好，放在我的床沿，上衣褲子在下，內衣內褲在上。回印尼的時候我總不習慣，叔叔家連內衣褲都要燙過，拿在手裡還有熨斗剛劃過的熱度。有幾次我想自己洗內衣褲，被隔壁的女孩撞見，她一臉陪笑，把我手上的活搶去，早上五點起床的身軀像個剪影，坐在小板凳上，屈身駝背，從大山搓成小山，奮力將衣山夷平。

堂嫂的肚子隆起，很快的，她又要替這六口之家再增加一口。堂嫂來自加里曼丹鄉村，是叔叔故鄉舊識的女兒，和堂哥以前的交往對象都不同。結婚前，堂哥的女朋友都是大學生，畢業後要拚事業，成為上班女郎，誰想那麼快走進家庭。嬸嬸不想堂哥蹉跎下去，回叔叔故鄉相中才剛滿十八歲的堂嫂，娶進門很快傳宗接代，嬰兒在襁褓時有專屬的保姆，是傭人以外的配置。堂嫂可以盡量生，家裡幫手很多。那段時期我回印尼，大我沒幾歲的堂嫂常在懷孕狀態。等我大了一點，又更大了一點，讀了博士三十五歲結婚已讓印尼親戚覺得不可思議，女孩子念那麼多書幹嘛?!居然還不生小孩，「臺灣都這樣的嗎？」

女性的命運，在赤道南洋的椰城，很早就有了岔路。一九八七年我十三歲，和我差不多大的女孩在叔叔家幫傭，她們是最便宜的童工，住在頂樓的傭人房。樓下客房不夠，父親將我發配邊疆，命我去睡樓上本來拿來放雜物，久無人住的客房，就在傭人房隔壁。我發覺樓上的廁所是蹲式而非坐式，堂哥知道我用頂樓的廁所，大吃一驚，彷彿我闖入禁忌的地界，「三樓的廁所是傭人用的，不太乾淨，妳不要用那裡的廁所。」女孩中長相清麗，膚色比較白的一位，我叫她蒂蒂。蒂蒂每次見到我，臉上都會綻開親切的笑容，長大後我讀社會學，才知道那其實是一種情緒勞動，從早到晚體力勞動，在主人面前情緒勞動，是蒂蒂的宿命。吃完午飯不久，我覺得有點睏了，想上樓睡午覺，清晨即起打掃的蒂蒂也想偷偷休息，被我撞見，她拿著溼抹布，在樓梯間打盹，看見我上樓就整個人像蚱蜢一樣跳起，重回勞動的身體姿勢，「繼續」擦那無關緊要的樓梯扶手。蒂蒂裝作沒事，倒是我的臉紅起來了，趕快躲回我的房間，以免「打擾」蒂蒂休息。

晚餐後，等叔叔一家人都用完餐，我才看到蒂蒂們怎麼吃飯，她們不坐在餐桌上，而是將我們吃剩的飯菜用手抓進盤子裡，一人端著一個盤子，圍成一圈，蹲坐在廚房地板上，用手抓飯吃。吃完飯接著洗碗盤，清理廚房餐桌，把一到三樓的地板全部掃過拖過消毒一遍，最後把隔日一早要洗的衣服先浸在大桶裡，才能休息。

這一小段圍坐吃飯的空檔，她們小聲地聊天，應是一天中難得輕鬆的時刻，我很想靠近一點偷看她們，這群失學來幫傭，與我差不多大的少女們，她們感興趣的事物是什麼？也像我的同學跳〈青蘋果樂園〉迷小虎隊那樣追星嗎？我想靠近，卻已隱微察覺，這是侵入她們不多的私己時光。當年我曾想問她們一個很笨的問題：「為什麼不在餐桌上吃飯，不是比較舒服嗎？」

回印尼是我少數能鬆綁的時刻，一向盯住我的父親，回到故鄉會四處拜訪朋友，不太注意我的存在。每天走親戚，親戚們總止不住奉承父親，說他成功移民臺灣，是家族中的驕傲。七〇年代臺灣推動高科技產業與重工業建設，經濟起飛的成果，在八〇年代收穫，創造上百億的外匯存底，和印尼羨慕學習的對象新加坡一起，加上香港、南韓，並稱亞洲四小龍。八〇年代琅琅上口的一句話是：「臺灣錢淹腳目」，這句話漂洋過海傳到印尼。一九八六年股票剛突破一千點，此後如火山爆發，從一九八六到一九九〇年短短四年間就從千點衝上萬點，連母親這樣的菜籃族都開始進出號子（證券公司）看盤，親戚們問父親：「臺灣錢是不是已經淹到喉嚨了？」

聽說臺灣如何如何的好，印尼親戚也搭飛機來探訪我們，總是先在我家打一天的地鋪之後，受不了就去住旅館，住了嫌旅館貴，漸漸便不來了。

我們四口之家住在市中心二十坪的公寓，兩房一廳，生活空間上其實沒有太多餘裕，我和姊姊從小就要共用房間，相親相愛有之，更多是因空間狹小的嫌隙吵嘴。我生下來不是男孩，多年來被父親記恨在心，母親卻說還好不是男孩，否則到了青春期就要煩惱房間不夠用。父親的妹妹，小姑姑遠嫁香港，當年是不折不扣的外籍新娘，姑姑生了三個男孩，香港的空間比臺北更小，只有一房一廳。姑丈說，能有自己的家已經很不容易，都是靠他開巴士，一天工作十幾個小時，拚命加班的薪水支撐。印尼家族在亞洲的階級流動，水愈往高處流去，就愈容易被困在淺灘。高度資本主義發達的移居地，住的房子宛如鳥籠，到了下一代，房價炒作飆漲，更難買得起自己的房子，日後仍需蝸居在父母家，比起南洋的堂兄弟姊妹，我和姊姊的成年來得很遲，至今都買不了自己的房子。

印尼親戚家的大房子，即使上頂樓放風，都會被鐵條層層圍住，彷彿金絲雀被關在一個豪華的鐵籠子裡。在這個多種族的國度，華人常是「替罪羊」，在印尼針對華人而起的暴動由來久矣，三道鐵門以及鐵窗將自己的家鍛造如堡壘般堅固。進入家中，還要防傭人如防賊，一家之主叔叔嬸嬸的房間，在鐵門鐵窗的房子裡又加了一道上鎖的鐵門，嬸嬸害怕傭人偷錢，離開自己房間就把門鎖上，重重圍困，看似主宰卻失了自由。

夜裡，我聽到蒂蒂不時咳嗽，她咳了一整晚，讓我也睡不好。早上五點，穆斯林祈禱聲嗚啦嗚啦響起，天微微亮，蒂蒂依然撐住病體起床，拿出大鐵盆，打開水龍頭，水嘩嘩地流。我半睡半醒，在睡夢裡聆聽潺潺水聲，在十幾公里以外蒂蒂的家鄉，身為長女的她早晨將一家的衣服提到溪邊，母親剛生下小弟弟還臥床休息，能幫上一點忙也好。蒂蒂的手上戴著一串手環，刷洗時鐵器清脆地碰撞，敲擊出銀鈴般的聲音。洗完衣服，蒂蒂甩乾手換上制服，囫圇吃完早餐，讓爸爸騎摩托車載她上學。

夢裡的蒂蒂還有沒有繼續咳嗽？我沉沉睡去，不記得了。

脂肪球與羅曼史

一九八七年夏

志文出版社新潮文庫一百八十六號，莫泊桑的短篇小說集《脂肪球．流浪者》，我在書架上發現了它。

「脂肪球」這個怪異名詞，誘引我來到新潮文庫的一排書前，二十號《蛻變》書封的那個男人目光陰鬱，耳朵尖尖好像小惡魔，四十三號《愛的饑渴》，書名像是從我常逛的羅曼史書櫃抽出來的，作者三島由紀夫好像在哪裡聽過？新潮文庫的隔壁櫃就是羅曼史，那一排架上，抽出來都是令人臉紅心跳的半裸女圖片，故事不外乎霸氣公爵馴服如郝思嘉一般狂放不羈的平民女子。書中常有點到為止的性愛場面描寫，雖然只是蜻蜓點水，寫到公爵把思嘉壓在床上，撕開她緊身的禮服，胸乳如一雙白兔撲跳而出，以下就沒有了，卻是一個國中女生在當時少數能接觸到「性」的事物。和我同年紀的國中男生，想必管道多得多，他們的父親或大一點的兄長來到錄影帶出租店，一個眼神交會，老闆引常客進小房間，架上的黃片是外頭不會擺的。八〇年代家用錄放影機和錄影帶出租店在臺灣迅速擴張，除此之外還有牛肉場木瓜秀、鑲著茶色玻璃的理容院，春色無邊。在女校白衣藍裙的世界裡，不見黃色，旺盛的雄性賀爾蒙被隔離開來，十二、三歲的年紀已成和尚尼姑。男校、女校分治，與金華女中成了對蹠點的大安國中只收男生，放學時常來女中門口站崗，等待還沒去拍瓊瑤連續劇，當時讀國三的陳德容放學。解嚴兩年後，一九八九年秋天，金華才開始招收男生，校名由金華女中改為金華國中。

「公爵把思嘉壓在床上，撕開她緊身的禮服，胸乳如一雙白兔撲跳而出……」在書店讀到這裡，我的下腹突然一陣痙攣，彷彿有電流，一股溫熱襲來，我的內褲溼了，隱密的暗潮，在健康教育課本裡會告訴你這個東西叫「白帶」。我慌張地左顧右盼，應該沒有人發現我有什麼異樣，還有其他兩、三個國中女生，也站在這書櫃前，人手一本羅曼史，隱約可見封面的血脈賁張激情四射，但她們大方得很。不論是什麼題材的書，放在亮敞的書店裡就是一件正經事，旁邊逛書店的大人也沒有露出狐疑的眼光，覺得她們有什麼「不三不四」。

「不三不四」，是母親脫口而出罵我和姊姊的字眼，剛開始我不必在書店罰站，羅曼史從租書店偷渡回來，藏在床底下，母親打掃時令姦情曝光，當面甩來一記辛辣的耳光。

姦情是少女與書的不正當關係，正宮是國立編譯館，是補習班講義，還有寫不完的測驗卷，以及少數學校容許的課外讀物，清一色是劉墉《超越自己》系列、課本作家琦君的散文等。見不得人的小三，是漫畫、金庸、瓊瑤、倪匡，萬惡之首是夾帶性啟蒙的羅曼史。上國中以後，到考上大學之前，六年的時間需經過兩次聯考，母親如果發現我們又去租書店牽回小三，就會全部撕毀，害我們要照價賠錢。國中生哪有什麼零用錢，姊姊自告奮勇去偷父親鎖在櫥櫃裡的錢，她知道父親把鑰匙藏在哪裡。或者我把課外補習每個月要繳的費用浮報，從中揩油。國二開始補理化，家教班的老師長得憨厚，我挑上他來欺負，補習費只繳了前一兩個月，其餘都被我私吞，成了為小三贖身的備用金。

升學壓力大，不被母親允許的禁書還是一直來、一直來。有一部我和姊姊特別喜愛的漫畫《千面女郎》（後改名《玻璃假面》），我們存錢把全套四十冊都買來，體積龐大，家裡藏不下，藏在公寓地下室。陰溼不見天日，很快我們心愛的漫畫書紙頁受潮，卷成波浪，翻開書撲鼻的霉味，我們任其在地下室蛀蝕，再也不想讀了。

姊姊幾次偷錢被抓到，錢是我們兩人一起花用，只有她受罰。我機靈得多，國、高中六年不知虛報了多少補習費，都是母親做家庭手工，組電路板包魚餃縫衣服涓滴累積而來，實實在在的辛苦錢。我和姊姊不同，父親願意出她的任何費用，我的補習費與其他額外費用則須由家庭主婦的母親支付，我是家裡「多餘的人」，父親僅供我受義務教育、衣食溫飽。

飽暖思淫慾，成長在物質堪稱豐足的八、九〇年代之交，無論是精神還是身體，都還想要多一點什麼。有一次母親在姊姊的書包裡發現羅曼史小說，已是一犯再犯，母親拿起衣架往姊姊身上抽打，秋風掃落葉，用粗狠的蠻力掃向門外，「不三不四」「不要臉」「我沒有妳這樣下賤的女兒」……一路推到大門口，姊姊身上什麼都沒帶，還穿著睡褲，門外就是深淵，週末假日整間公寓有數十雙耳朵彷彿奸細紛紛張大雷達準備接收，母親殺紅眼，關門前她還做了一個動作，她伸手去扯姊姊的內褲，想把它扯下來。姊姊阻擋她，兩人扭纏成一團，我已分不出誰是誰，只看到一頭任人屠宰的動物。是不是成長中的少女一旦有了性的自覺，就不配為人，成為裸命，淪為不需要穿衣服的豬狗？

目睹過那樣剝除人格的「慘案」，我將我的慾望小心翼翼摺疊收起，將健康教育課本上占滿兩大頁的男女生殖器官用白紙貼起遮蔽，以免在家溫習功課時，讓那樣赤裸的圖片髒了雙親的眼。在父母面前必須要維持一個「無性」女兒樣態，每個月私下解決流血的身體，不像我的同學母親在這個時候總會備好紅糖生薑四物青木瓜。

剛發育的胸乳正處於尷尬時期，像甩不掉的累贅，還不懂得更大一點之後，妳會因為它不夠大而自卑。母親從沒有帶我們去百貨公司的華歌爾、黛安芬專櫃試穿少女胸罩，而是從菜市場買來彷彿束胸的樣式，鉤子緊緊扣住的地方夏天穿了總要發癢。母親最遺憾當年因為家貧無法升學，萬般皆下品，唯有讀書高，在她眼裡，少女沒有身體，只有需要時常檢核考績的大腦。讀書以外的技能通通都不需要，家政課的棒針被母親接手，織好毛衣讓我去交作業，母親不懂，當年這些手藝的勞作，是國英數之外的喘息，有益於大腦放鬆。越俎代庖的代價是，日後我十分笨拙於讀書以外的事物，我和自己的身體疏遠已久，腦袋腫大四肢孱弱，時常跌倒或打碎東西，駝背小人一路跟著我。

他神志恍惚地站在一堆碎片前：「我想走進廚房，給自己做一小碗湯；那兒站著一個駝背小人，它把我的小鍋打碎。」他出現在哪裡，我在哪裡就會變得兩手空空。

——華特・班雅明〈駝背小人〉，收錄於《一九〇〇年前後的柏林童年》

一九八七年五月，下課後去補習的途中，為了躲雨，我閃進信義路金石堂，在那個梅雨季節，一排羅曼史書櫃前，我的下腹第一次感受到不能對人言說的痙攣。我直挺挺地站著看書，以站著而非躺著，體驗一波又一波暖熱的慾望之潮，腿股之間在藍裙子底下微微顫抖。我的身體如此燥熱，臉上的表情卻依然冰冷。不能讓旁人察覺，務必控制臉部每一塊小肌肉，長成一副書呆子模樣的我最會假裝，將身體，將下半身隱形消失。看《蛻變》、《脂肪球》那張正經八百的臉，和看羅曼史私下暗自春潮的這張臉，複製貼上，沒有什麼不同。

「慘案」發生後，姊姊埋藏慾望、剪除身體的方式，或許是發胖。從國三開始像吹氣球一樣，上高中時她的體重突破七十公斤、七十五公斤，逼近八十公斤，考上大學後姊姊在男性環伺的理工科系，才瘋狂減肥，節食兼狂跑操場，一路瘦到四十五公斤以下，此後再也沒胖過。肥胖的身體是無性的身體，體脂過高會導致停經，自我有印象以來，母親就沒有停止持續發胖，飯後母親時常拿出針線，將她裙子腰際上的鉤鉤再往後移一格。成年後我隱約覺得，要扯去女兒內褲，對性排斥的母親，形顯於外的就是發胖的體態。如海獅肥滿的母親，仍然逃不掉婚姻裡「性」的義務，聽到父親鎖門，過一會兒開門，母親急急出來到浴室洗浴的聲響，讓我從小就知覺，母親並不情願，也不快樂。

✧

法國新浪潮導演安妮．華達的電影《流浪女》（*Vagabond*）提到：「骯髒比貧窮更不能為這個社會忍受。」流浪女一開始還維持著基本的潔淨，在海濱、湖畔洗浴，一次在人煙稀少的樹林裡被男人侵犯，發覺骯髒才是生存之道，從此滿嘴不刷的黃牙，指甲裡填滿黑垢，渾身發臭，還有發胖，身體囤積一定的脂肪，好捱過寒冬，以及去「女性化」，讓自己不那麼有吸引力，降低被性侵的機率。

她由於早熟的肥胖著名，並且因此得到了「脂肪球」的綽號。她身材矮小，到處都生得圓圓的，渾身充滿著脂肪，肥胖的手指在骨節處緊縮起來，彷彿是一連串短短的臘腸；她的皮膚生得光而又緊，肥大的脖子從她的衣服裡面伸出來，但因為她的豔麗是那樣悅目，她依然富於吸引力而受到追逐。

——莫泊桑《脂肪球》

一九八七年的梅雨季節，在羅曼史書櫃的隔壁，我發現了《脂肪球》，一個肥胖，卻仍然不掩豔麗，充滿性荷爾蒙的娼妓。記得當時看到這個句子「肥大的脖子從她的衣服裡面伸出來」，眼前就出現生動無比的畫面。小時候我很著迷於鄭少秋飾演的香帥楚留香，對他娶了一個肥胖的影星沈殿霞百思不解，違反才子佳人定律，脂肪球讓我稍能想像有著粗脖子、香腸手的胖美人該是什麼樣子。

故事發生在公共馬車上，車上乘客十人：有生意人酒商夫婦、擁有三座棉紗廠的老闆夫婦、出身古老高貴世家的伯爵夫婦、兩位修女、一位看似革命家，實為投機分子的政客，以及風流婦人「脂肪球」。因為脂肪球這個「異數」，三位太太團結起來，傳遞「婊子」、「恥辱」這樣的耳語。

背景是一八七〇年普法戰爭，法蘭西潰敗，普魯士人進駐，人心惶惶，商賈貴族都準備撤離。戰爭摧殘下，沿途沒有任何開門的食鋪，平時被服侍慣的眾主子們沒想到準備逃難中的吃食。馬車走得很慢，下午三點這個往常的下午茶時刻，車內眾人已餓得饑腸轆轆，只有被鄙視的娼婦，好整以暇地早備好在路上的點心，「脂肪球突然彎下身子，從座位底下拖出一隻蓋著一塊白布的大籃子。她起初從籃子裡拿出一隻瓷製的小碟，一隻精緻的銀杯，隨後又拿出一隻大缽子，裡面盛著兩隻切開了的子雞，浸在凝凝的汁裡。」

蓋著籃子的白布、瓷碟銀杯，盛著嫩雞的大缽子好讓湯汁不四溢，逃難不見倉皇，對於吃食的器皿仍然講究，脂肪球才像是車裡唯一懂吃穿的貴族。

「四隻酒瓶的頸子從那些食物包中伸出。她取了一隻雞翅膀，配上一個在諾曼第被人叫作『芮香思』的小麵包，開始很文雅地吃著。」

讀到這裡，我想到莫泊桑對於脂肪球體態的形容「肥大的脖子從她的衣服裡面伸出來」，和後面的葡萄酒瓶身連成一氣，同樣都是從一團渾圓的物體中「伸出來」，高低錯落有致。

原本嘲笑脂肪球的貴婦們漸漸繳械，她們不怎麼講究，在膝上鋪了報紙權充餐桌，喝葡萄酒時僅有的一個酒杯眾人輪傳，忽然都不嫌娼妓的口水髒，「他們的口不停地一開一闔，凶狠地吞著、嚼著、嚥著。」

「只有第一步是費力的。一旦渡過了魯比龔河，大家便毫不客氣了，籃子裡的東西通通取出來。它還盛有一盒肝糜、一盒雲雀糜、一段燻牛舌、一些克拉沙的梨子、一塊有香料的方麵包、一些麵包形的糕餅、和一滿杯醋浸小黃瓜和洋蔥，像所有的女人一樣，『脂肪球』最愛吃生菜。」

「肝糜」、「雲雀糜」要怎麼吃？像抹醬嗎？是否也搭配那諾曼第「芮香思」小麵包。浸滿湯汁的子雞、牛舌肝糜之後，油滑圓潤一如脂肪球的體態本身，需要再來一點爽口的食物好平衡油膩，「一滿杯醋浸小黃瓜和洋蔥」，連這個收尾脂肪球都想到了。讀到這裡時口中生津，富過三代才懂吃穿，我的確從來沒有經歷過，如母親常掛嘴邊，早年米不夠吃，需填充大量番薯籤才能飽腹，吃得飽離吃得巧有一大段距離。近年來流行吃養生健康地瓜餐，母親的額度早在匱乏年代用盡。

從羅曼史到新潮文庫，只是隔壁書櫃幾步路的距離，我像嬰孩抓周一般隨機挑選：「窗外此刻的天氣很陰沉——可以聽到雨滴敲打在窗櫺上的聲音——使他感覺特別憂鬱。『如果我選擇再稍微睡一會兒，忘掉眼前這一切荒唐怪異的事情……』」「格里高爾．薩姆沙」這個無比拗口，富有異國風情的名字，他的心情怎麼跟我每天早起上學一模一樣呀。

文學裡的悲哀鑄成容器，讓我小小的傷悲可以傾倒其中，輕輕搖晃。

慷慨分享，傾其所有的脂肪球，並沒有換來敬重，最終成了祭品，被逼著去和普魯士軍官睡覺，眾人才能獲得許可，繼續上路。貴族說，妳這只是重操舊業，又沒犧牲什麼。事情解決後，「在任何場合都不失其莊嚴外表的伯爵，發現了一個受到大家欣賞的比喻：他們有著北極冬季將完，一群遭難者看到了一條通往南方的道路時所有的喜悅。」

在客棧裡延宕已久的馬車，終於可以啟程，離開前廚娘精心準備吃食，「缽子的蓋子上有一隻瓷兔，藉以表示缽內躺著一隻紅燒兔子——放著一塊甘美的豬肉，褐色的瘦肉透出一條條白色的肥肉，和其他斬碎的肉類混在一塊。」

一九八七年梅雨季節，我在往補習班的路途中淋溼半身，進信義路金石堂躲雨。

本來只是短暫避雨，站了一個鐘頭，兩個鐘頭，直到晚上八點五十分，書店關門前，〈晚安曲〉響起：讓我們互道一聲晚安，迎接那嶄新的明天，把握那美好的前程……

暖黃的書店燈光下，我的溼髮已乾，在費玉清的歌聲中，我並沒有嶄新的明天，晚安，晚安，再說一聲明天見，明天我還是那隻躺在缽裡細煮慢熬的紅燒兔，升學主義下的祭品，「和其他斬碎的肉類混在一塊。」

金石堂書店隔壁，當年的鼎泰豐只是一家尋常小店，永康街也還未成為「商圈」，沒有芒果冰或豆花店。我對將要馳名海外的小籠包沒什麼印象，只記得店門口賣狀元糕的街邊攤販，小販熟練地將糯米粉填入官帽形狀的木製模具，再加入花生或芝麻餡料，表層再敷上一層白粉，放進蒸籠裡。同學間口耳相傳說大考前要買來吃，狀元糕出爐，掀開蓋子，煙霧迷濛旁人的眼。這盆地的溼氣，怎麼也蒸不散。

快感如烈日當空，悲哀似山嵐環繞繾綣，雨停了，書店打烊，我揹著書包，往夜更深的地方行去。

痛苦或艱鉅之事

一九八七年深秋

一九八八年一月十三日，星期三下午三點五十五分，蔣經國因心臟衰竭去世，享壽七十八歲。我升上國二，重新分班，導師姓廖，沒了外省人聱牙難懂的口音，我鬆了一口氣。廖正值壯年，兼任學校訓育組長，對於秩序管理格外在意。廖的班級經營賞罰分明，軟硬兼施，年輕男老師不知怎麼與國中女生交心，廖要我們每天寫小日記交給他，從字裡行間捕捉少女心事。我在日記裡寫：我的夢想是考上臺大，一路讀碩士博士，日後當教授在大學裡教書，「騎單車徜徉在椰林大道上」。我記得廖在這句話旁以紅筆圈點，給了「有為者亦若是」的評語。

我後來的確考上臺大，兩次，高中畢業後第一年考上淡江經濟系，不去上課，二一退學，重考上了臺大中文系夜間部，依然二一退學。事隔多年後考上臺大中文系博士班，也沒能畢業，我並不遺憾，遺憾的是至今未能學會單車。如果廖知道這一切，應該會恥笑我吧。

一九八八年蔣經國過世時，班上沒什麼反應，可見九年義務教育，從小學以來的愛國作文比賽、繪畫比賽、歌唱比賽，一路教導我們忠君愛國的教育虛有其表。那陣子班上更在意的是錢仙的遊戲，拿一張壁報紙，上面畫幾個圈圈，裡頭有「是」、

「不是」、「可以」、「不可以」等答案，以及一到十的數字，三個同學伸出右手食指放在十元錢幣上，齊聲說道「錢仙錢仙請出來」，錢幣開始移動，「我發誓我沒有動」、「我也沒有」、「絕對不是我動」，旁觀的同學們驚呼連連，圍上來更多的人，「錢仙錢仙，請問○○○將來會有幾個男朋友？」錢幣移動到「7」，一陣嘻笑怒罵。「錢仙錢仙，請問祢就住在這間教室裡嗎？」錢幣移動到「是」，雞皮疙瘩爬上背脊，膽小者一哄而散，還有幾個人堅持在那裡，大家都聽過那個校園傳說，請神容易送神難，如果沒將錢仙歸位，非死即傷，後患無窮。「聽說上一屆有兩個學姊玩錢仙請不回去，就瘋掉了……」「錢仙會躲在教室哪裡？」

嘰嘰喳喳如雀鳥的國中女生頭一抬，教室前黑板上高掛的國父遺像，教室後與之對望的蔣公遺像，四面牆壁皆充分利用，左右兩旁還有兩串標語「生活的目的，在增進人類全體之生活」、「生命的意義，在創造宇宙繼起之生命」，是當年每間教室都少不了的配置。「你們覺不覺得，那個遺像的眼睛賊賊的，會轉來轉去！他好像在瞪我」、「真的有ㄟ！好恐怖喔~我不敢待晚自習了！」

我早已不記得這是何年何月，只記得隔幾天，蔣經國去世，大家討論的還是錢仙，「現在多一個死人，遺照要擺哪裡？」「教室裡這麼多遺照！被附身了啦，錢仙就是藏在裡面。」

除了錢仙，還有筆仙、筷仙、碟仙……，升學壓力愈重，我們就愈是沉迷在怪力亂神裡不可自拔，直到有同學在小日記裡告狀，事跡敗露，廖把我們叫過去訓斥一頓，罵得狗血淋頭，「國喪當頭，你們知不知道羞恥！」遺照裡的人對當時的國中生已然除魅，我絲毫不敬畏什麼蔣總統，我更害怕的人一是父親，二是廖。一九八八年一月，已解嚴快半年的校園裡，威權仍然附身在廖身上，彷彿戒嚴的尾巴還未斬斷，被拖在廖的身後，時不時就像一條鞭子對我們甩動。恩威並施的廖深知統馭術，我開始後悔，在日記裡不該對廖掏心掏肺，說那麼多心事，尤其是關於父親的事，父不慈破碎家庭出產的慘綠少女，換另一種說法就是性情乖張、叛逆偏激，「因不健全的家庭因素導致」，成了日後廖拿來對付我的利劍，心靈的斲傷，比實際的體罰還要厲害許多。

關於「總統死掉」這件事，一位曾來學校辦活動的大人，有著異常激烈的反應。

一九八八年一月十三日，總統死掉的當日深夜，何文德在自家巷口放了一長串鞭炮，霹靂啪啦轟天巨響，「慶祝」蔣家王朝又一人駕崩。

何文德一九三〇年生，家鄉在湖北省房縣，神農架一帶，十七歲加入國民黨軍隊，十九歲來到臺灣，從此回鄉路斷。何文德說他被「拐來臺灣」，對國民黨極度失望，燒掉黨證提早退伍，三十歲拾起課本重考大學，畢業後開過打字行。一九八七年春天，何文德發起「外省人返鄉探親運動」，他身穿白襯衫，前面以綠漆塗上「想家」兩大字，後面以紅漆塗上「你想念父母嗎？你想念親人嗎？你想念故鄉嗎？」解嚴之前，何文德領著一群退伍老兵在街頭表達訴求，到國民黨黨部、退輔會前抗爭，印行數十萬份「我們已沉默四十年」的傳單到全省各地榮民之家發放。帶頭的何文德被特務全天候跟監，發放傳單時常遭騷擾毆打。

一九八七年三月二十八日，「外省人返鄉探親促進會」在離金華女中不遠的幸安國小操場舉辦「自由返鄉運動演講會」，是抗爭運動的起點。當天在場的除了像何文德這樣被海峽隔絕四十年的老兵，還有每回一次家就需申請一次入山證的「山地同胞」，以及許信良的弟弟許國泰，一九八六年底的機場事件無法接回流亡海外多年的哥哥，殊途同歸，各有各艱難返鄉的奧德賽旅程。那晚何文德第一次上臺演講，他戴著厚黑框眼鏡，拿著寫好的講稿，濃重的湖北鄉音被綠色小組的影片記錄下來：

每當過年三十的晚上，大家不是在守歲嗎？在祖宗牌位前，我的太太孩子陪我跪，跪了一會我說你們先起來，我繼續跪，起碼跪四小時。我對我的父母，這是唯一的回報。

四十年過去了，我們竟然連寫一封信的自由都沒有。蔣介石父子，如果你要寫信，他說你是受匪統戰、被匪利用。多少人歸心似箭、精神分裂、含愁飲恨、老死臺灣。

臺上的何文德五十七歲，已來臺三十八年，他是老兵返鄉的代表，影片中的他看起來還不太顯「老」，離榮民之家裡頭七老八十的「老芋仔」還有一段距離，因此還有走上街頭的能量，每次講到「蔣家王朝」，他就指天畫地，彷彿宣告檄文：

我鎮重地告訴蔣家王朝，以及蔣家王朝的特務們
我，何文德，又叫何質彬
可以查這個主辦單位，我有真實姓名、身分證給他們
今生今世不能活著見父母，我死了也要回大陸
不達目的，死不甘休
你要抓，你要殺，你要活埋，聽清楚動手吧！

一九八七年三月二十八日，何文德在公開場合自報家門自投羅網，揚言要殺要剮就放馬過來吧。這一年距離一九八〇年林義雄家宅血案七年，距離一九八一年留美歸國學人陳文成命案六年，距離一九八四年因為寫《蔣經國傳》在美遭刺殺的江南案三年，這三件都是蔣經國一九七八年就任總統後，國家情治機關所導致的異議人士「非正常死亡」。

何文德不能未卜先知，他不能預知再過三個多月就要宣布臺灣解嚴，三大血案在前殷鑒不遠，在戒嚴的時空下，他仍發出「遞出頭顱」的吶喊。六月二十八日，

離解嚴倒數半個月，外省人返鄉探親促進會在金華女中的禮堂舉辦活動，何文德領著老兵合唱團，上臺演唱〈母親妳在何方〉：「雁陣兒飛來飛去白雲裡／經過那萬里可曾看仔細／雁兒呀我想問你／我的母親可有消息～」

多年後我在綠色小組的影片中回看，那禮堂似曾相識，平時是體育館的場地，在這裡上體育課，跳高時我扭傷了腳。到了國三，體育課通通被取消，拿來借課給國英數理化，再踏進這裡已是畢業典禮，我記得我遠遠地站在後面，沒加入我的班級，在角落看著人群，一點都高興不起來，我早已被放逐到邊疆，灰心喪志，果不其然隨後的高中聯考一敗塗地。

當年我全然不曉得何文德，不曉得這群含著淚在臺上唱〈母親妳在何方〉的老兵，他們累積四十年與親人隔絕的劇痛，在同個時空下一個國中女生的痛苦，相較他們凹陷的深淵，我只是小小一道刮痕。

影片裡還有一九八七年五月十日母親節，國父紀念館內有慶祝活動，老兵在外頭舉牌思親，遙想海峽那端的母親。看著那段影片，老兵們逐漸變成模糊的背景，前景是令我夢迴八〇的臺北街景。風和日麗的公園，一家出遊，孩子吵著要買氣球，沒抓好飄到樹上，婦人莫可奈何，她身上的連身洋裝，在快時尚成衣出現後，是年輕人常去跳蚤市場挖寶的「古著」。男人臉上鏡片連成一線的蛤蟆眼鏡，在三年後的野百合學運廣場上時常見到。路過的年輕人一身牛仔衣褲，是Disco盛行年代常見的緊身AB褲。正在蓋捷運的交通黑暗期常有此起彼落的喇叭聲，那是熟悉的市井聲音。鏡頭掃過八〇年代笨重憨厚的公共汽車，當年公車還不能投幣，每學期要繳交照片辦學生月票，司機兼剪票員（當時已無車掌小姐）手忙腳亂常把一格剪成兩格。公車票亭販售票卡，一座一座如漂流在車河中的小島，只有半坪大，兼賣蘆筍汁酸梅零食報紙雜誌的公車票亭……八〇年代的色澤、聲響、味道如光瀑一般洩洪，那淺淺的刮痕對於一隻小螞蟻而言，也是跨越不過去的深谷。

✧

一九八八年早春的一個下午，廖要離開學校到外面開會，讓我們自習寫考卷，事前再三叮嚀，要維持秩序，不可趁他不在時吵鬧。廖離開後，考卷發下，我是負責發考卷的科目小老師，再尋常不過的午後，國中女生總有講不完的話，免不了交頭接耳，兩個人呢喃，三個人窸窣，一群人喧鬧，細碎的聲音如下午茶瓷器彼此碰撞。聲音匯流在一起，成了籠罩教室上空的蜜蜂嗡鳴，嗡嗡嗡、嗡嗡嗡嗡嗡，不是下課那種毫無顧忌的吵鬧，而是即使壓低喉嚨都有大人不在家止不住的興奮感，沒多久鍋蓋就被掀翻開來，滾水持續燒著，愈燒愈乾，直到廖走進教室，我們仍渾然不覺。

廖說他出去開會，這個下午不會再回來，實是話術。校外會議結束後，他特地折回學校，突擊檢查，檢驗我們的「忠誠」。

廖首先要我們自首，誰在他離開的短短兩小時有吵鬧的，自己站起來，自首並非無罪，但可從輕發落。大家紛紛將頭低下，只有不到五位同學站起，到講臺前，領受廖的教鞭。明明全班都有分，只有零星幾人出列，國中女生不怕體罰，更怕丟臉。我們的臉皮比寫書法的宣紙還薄透，輕輕一碰就要戳透。大家心底暗自感謝那幾位替罪羊，以為事情就要過了。

事情還沒完，還有每天上繳的小日記，隔天上課前，廖板起面孔，疾言厲色，比他平常還凶得多，我還好整以暇地安坐著，想著我一向成績優良奉公守法，怎麼會有我的事。

廖再重複一次昨天的話，「我說過，自首的話我就會放過妳，這是妳最後一次機會，誰昨天有吵鬧的站起來！」講臺上血氣方剛的男子，咆哮起來中氣十足，吼出的聲響如天打雷劈，一道雷劈向我，措手不及。「我說的就是妳，房慧真，不肯承認錯誤，說謊狡辯比做錯事更可恥，妳給我到前面來。」

行刑之路我走得很慢，我不知道我的雙腿是怎麼移動，也不知道是如何站上講臺，更不知道是如何將手平舉，手心朝上，當廖的棍子碰觸到我時，我彷彿通了電渾身麻木，打了幾下也全不記得，短短幾分鐘好像有一輩子那麼長。我像被圍捕的動物，面臨巨大危險，一動也不動先進入假死狀態。

直到下課，我臉上豬肝一般的紅潮仍未退去，那是因為羞愧、恥辱而充滿的毛細孔，每一根汗毛都充滿毒素。下課後，廖將已神智恍惚的我叫進辦公室，展示他的恩威並施，他鎮壓之後的懷柔手段。下課時分，辦公室裡人來人往，往常我是科目小老師，喊一聲報告，進入這特許之地，來拿老師批改好的作業。世界依然運轉，只有我還陷在個人的恥辱裡。廖蛤蟆鏡框後的眉頭鬆弛了下來，跟我補充，是哪位同學「舉報」了我，說我身為應該維持秩序的小老師，卻跟其他同學有說有笑，更加不能原諒。「同學對考題有疑問，問我問題，我不得不回答」，我試圖申辯，哭腔隨之而來，上氣不接下氣，大口呼吸喘不過氣，載浮載沉將要溺斃。廖聽我斷斷續續說完，沒有生氣，沒有說我「狡辯」，只是對我說起我的家庭背景，說前陣子我在學校發燒，父親來帶我去看病，「我看妳爸很溫和，對妳也很關心的樣子，完全不像妳日記裡寫的那樣，妳是不是還有什麼沒跟老師說的？」

「妳是不是還有什麼沒跟老師說的？」

「妳是不是還有什麼沒跟老師說的？」

「妳是不是還有什麼祕密沒讓老師知道？」

我的腦袋彷彿變成一個蜂巢，密密麻麻的小蜜蜂對著我的耳廓：嗡嗡，嗡嗡嗡，嗡嗡嗡嗡，嗡嗡嗡嗡嗡……

事隔多年，我在讀了上世紀三〇年代史達林的大恐怖大清洗手段，臺灣的白色恐怖案件，數十年的知識累積，當我早已超過當年廖的年歲，我才能問得出這句話：「為什麼一個普通的國中老師，審問學生，擊破心防的手法和特務沒什麼兩樣？」

嗡嗡，嗡嗡嗡，嗡嗡嗡嗡，我的腦裡充滿迴音，在小日記裡密告我的〇〇〇，她的嘴巴一開一闔吐出絲線將我綁縛，她為什麼要這麼對我？她忌妒我嗎？我對她的嫌惡感尤勝過廖，此時的廖不是惡人，他成了小日記裡話語接收的對象，理想、抱負、痛苦、迷惘都可向他傾訴。一個年長男性，稍微施加關心的話語，廖就是父親位置空缺的替代。我能交出去最有價值的一件寶物，就是我不曾對他人說過的祕密，連同一片赤誠真心，交給廖，什麼都可以對他說。效忠的最大值是交出我的羞恥，比在課堂上被當眾羞辱還要羞恥的羞恥，羞恥的大魔王，羞恥的底牌，梭哈出去，我在廖的面前彷彿赤身裸體。

「小時候，父親餵我吃過□□」

廖沉默了下來，他還在安慰我的話，鏡片後的灼灼眼神柔和下來如霧飄過，我只要一句話就可以擊沉他，臣服他，收穫他。羞恥的祕密如冰山浮出水面，巨大不可摧毀的船艦如廖，撞上冰山，斷成兩截，沉落海底。我的勝利只有這一回，羞恥依然是羞恥，我轉班後，祕密被廖捏在手裡，「因不健全的家庭因素導致」，他跟其他老師說了又說，一說再說，經過疼愛我的國文老師轉述傳回我耳裡，升上國三後我一蹶不振。

座標 11°21'N 142°12'E，位於西北太平洋海床，關島東部，最大深度為海平面下一萬一〇三四公尺，超過地表上的珠穆朗瑪聖母峰。一隻小螞蟻跨越馬里亞納深溝的難度彷彿人類第一次登月，三十多年後，螞蟻長成大象，深溝又恢復成一道指甲刮擦的淺痕。

✧

一九八七年七月中，蔣經國宣布解嚴之後，各種主題、族群的抗議活動不斷，民意滔滔如洪水氾濫大片淹漫開來，勢不可擋。何文德等眾老兵們在一九八七年三月發起自由返鄉運動，等了四十年，不介意再等半年多，十月十五日，蔣經國宣布開放老兵回大陸探親，十一月二日辦理登記，早上九點已人山人海大排長龍，短短半年就有大約十五萬人前往登記返鄉。

時勢所趨，抗爭半年就收獲成果，何文德終於搭上返鄉專車，出發的那一天，卻只有《人間》雜誌以及綠色小組來報導，綠色小組的麻子說：「因為其他的記者，都去跑『死人』新聞了。」出發這日是一九八八年一月十四日，正是蔣經國去世的隔日，一月十三日，麻子本來也如往常一樣，下意識地拿起機器要去報導重大新聞，「我走到一半，才想說不對呀，『那個死人骨頭』有什麼好報導、好拍的?!」

一月十三日何文德在自家巷口放鞭炮，被鄰居圍毆。一月十四日何文德領著一些老兵搭上遊覽車。從中正國際機場搭機到香港，再從香港坐火車至廣州，從廣州搭機至西安，再到北京。三年前何文德經由美國友人轉信與大陸的親戚聯繫上，得知母親過世的消息，他仍在一九八七年挺身站出，爭取權利，一九八八年初踏上返鄉行，陪著其他老兵走一趟他們的家鄉。十天返鄉行程的終站，原本預計要從北京搭火車到湖北省省會武漢，但當時天寒地凍，北京冰封，飛機無法起飛，於是只好改搭火車到武漢，再轉火車到十堰市，最後搭乘麵包車，一路顛簸，最後一段路曲折迴繞，才抵達群山環抱的房縣，少小離家老大回，何文德來到荒煙蔓草中的父母墳上，跪下。

丹尼爾・曼德爾森的《與父親的奧德賽》一書，從語言學角度重新挖鑿在全球化時代下已溢滿過度逸樂的「travel」字根，發現與之同源的「travail」一詞的定義為：**痛苦或艱鉅之事**。travail早先源自中世紀拉丁語單詞trepalium，意為「刑具」。「在過去，當這些詞語最初成形並賦予意義之時，旅行是最為困難、痛苦、艱鉅的行動，多數人避之唯恐不及。」

何文德曾說過，老兵返鄉比阿姆斯壯登月還艱難，旅行的終點，在無何有之鄉。老還會更老，當年在金華女中禮堂臺上唱〈母親妳在何方〉，何文德還只是初老年紀，再過二十年，跨過千禧，原本已移居深圳的何文德被兒子接回臺灣照顧。二〇〇〇年之後，何文德得了阿茲海默症，人事時序混亂，他早忘了出行前放鞭炮被圍毆，忘了一九八八年大陸行最後抵達的那座墳，忘了跪下時膝蓋沾上的泥土，忘了墳上的青草。在二〇一六年去世之前，十年失智，依稀猶存的印象裡，「他『記得』終於返鄉見到母親」。

玻璃動物園

一九八八年早春

噢，小心點啊——你就是吹一口氣，它也會破碎的！玻璃那麼容易破碎，不論你怎樣小心。架子上東西一擁擠，就會有東西從上邊掉下來。

——田納西．威廉斯《玻璃動物園》

一九八七年夏天，臺灣結束漫長的戒嚴體制，我不知不覺。

這年夏天，影響我最重要的一件事是太陽系MTV的開張。八〇年代錄影帶盛行，除了從出租店租回家看，還有在MTV的觀影方式，MTV藏身西門町、東區的大樓裡，一層樓分隔成蜂巢般的小包廂，包廂雖不能上鎖，仍具隱密性，挑支影片，點杯飲料，兩個小時的播放時間服務生都不會進來打擾，成了情侶約會的首選。MTV二十四小時營業，過了午夜收費便宜，有些MTV還提供包夜服務，吸引逃家的青少年在此流連，我也一直這麼未雨綢繆，如果有一天我準備要逃家，不怕沒地方去。

太陽系MTV位於敦化北路、南京東路口的辦公大樓內，占地兩三百坪，收藏影片達上萬片。太陽系和其他MTV最大的不同是並非以錄影帶，而是以LD為主。影音的載體從錄影帶轉向CD、VCD的過程，中間還有未曾普及的LD，如黑膠唱盤大的光碟片，畫質清晰，沒有錄影帶反覆播放磁粉脫落畫質粗糙的缺點。LD播放器昂貴許多，並非一般家庭可以負擔得起，在當時不像錄放影機一樣普遍。太陽系上萬片的LD都是總經理吳文中從國外蒐羅而來，除了其他MTV也常見的西洋院線片，太陽系還蒐集大量的歐洲藝術電影，豐富片庫是久旱逢甘霖的影癡天堂。

太陽系的大廳宛如唱片行，LD一片一片立面陳設，高低參差，分門別類。LD影碟十分厚重，當時的技術還無法做到後來CD的輕薄短小，我經常一張一張翻到手疼。LD一片大約一小時，一部影片通常需要兩、三張LD，看完一片，需要通知服務生進來換片。LD播放器需另外安裝字匣機，太陽系影片的字幕都請專人翻譯，然而字匣機仍時有不能與畫面同步的問題，為了那些在臺灣十分稀少的藝術電影片源，影癡甘願忍受這些不便，每逢假日，太陽系的排隊隊伍都要滿到街上。

藝術電影在臺灣，經歷長達二十年只聞樓梯響的空落，六〇年代《劇場》雜誌刊登楚浮、高達等法國新浪潮導演的電影劇本，七〇年代由中視員工王曉祥創辦的《影響》雜誌刊登藝術片影評。劇本、影評都像是紙上談兵，多數人只聽過片名，沒有機會看到這些電影。七〇年代是臺灣退出聯合國，各國紛紛斷交的閉鎖期，進入八〇年代風氣一新，首先是一九八二年開始舉辦的金馬國際影展可稍解饑渴，在八德路年代公司前徹夜排隊買票仍一票難求，接著是一九八七年開張的太陽系ＭＴＶ，讓文青影癡奔相走告，除了可在館內看片，也可繳交一萬元押金加入會員，將片子租回家欣賞（前提是家中需有ＬＤ放映機）。綠色小組的麻子記得，大夥集資買來一臺ＬＤ播放器，從太陽系租回大量影片，將原本街頭運動的後勤剪接空間，變成放映藝術電影的小型電影院。加入租片行列的還有當時在重慶南路街邊賣盜版錄影帶的秋海棠老闆陳昶飛，他到太陽系租回楚浮《四百擊》拷貝成錄影帶，顧客有當時還在藝術大學讀書的僑生蔡明亮，在一九九二年太陽系ＭＴＶ結束後，「盜亦有道」的秋海棠將藝術電影的香火繼續綿延下去。

一九八七年夏天，十四歲的我懂什麼藝術電影呢？去ＭＴＶ最初是順應時代潮流，那是當年最流行的休閒方式。MTV消費並不便宜，記得在太陽系看一部影片一個人就要四百元起跳，比去電影院還貴。讓我上癮的是兩個小時完全屬於我的私人空間，在學校老師的眼睛隨時盯著，在家裡父親的眼睛也隨時盯著，我宛如赤身裸體，沒有能上鎖的房間、抽屜與日記。到電影院放電影前唱國歌時沒站起來，會被陌生的大人斥罵，燈光暗下後，明明空位還很多，會有人突然坐在旁邊，手如章魚觸腳逡巡遊移過來，「他們」特別喜歡挑穿校服的女學生。

MTV包廂的空間不能大，大了就顯空曠，反而少了安全感。麻雀雖小五臟俱全，一張沙發一個小茶几一臺電視，冷氣開得很強，好驅散菸味，在這裡我可以脫掉鞋子，盤起雙腳，把燈調暗，或坐或臥。MTV像黑暗的史前洞窟，一個人看鬼片像是試膽，《十三號星期五》戴面具的傑森，《半夜鬼上床》穿條紋衣的佛萊迪，說不定正藏在什麼角落，門不能上鎖，緊張得喘不過氣時，牆上的服務鈴提醒我外面大廳二十四小時燈火通明，恆常有人守候。

出了洞穴，升學壓力下的國中生活更像恐怖片。

一年後太陽系從敦化北路搬到信義路水晶大廈，雖然位於地下室，對我而言是更具形象化的藏匿地點，沿著階梯一級一級往下，像土撥鼠一樣鑽入地底，裡頭是一個沒有四季、不分晝夜的電影烏托邦。我通常挑兩部片，一部通俗片一部藝術片搭配著看，法蘭西斯柯波拉大衛林區彼得格林納威大島渚……，在太陽系我經歷影癡元年的第一次彗星撞擊，再也回不去了，回不了不看電影的日常。

升上國三，大氣壓更沉更重，有次模擬考完，學校只上半天課，我翹掉補習班又往MTV去，準備整個下午在包廂裡吐絲結繭，將自己包裹起來，好度過心中的凜冬。在大廳翻片翻到手酸，《玻璃動物園》跳了出來，好特別的片名，當時我自然不曉得這是改編自田納西．威廉斯的戲劇作品。一九八七年上映的電影，由影星保羅．紐曼執導，虎豹小霸王退居幕後沒有參與演出，由他的妻子瓊安．伍華德主演，飾演溫菲爾德太太，是個棄婦。約翰．馬柯維奇飾演她的兒子湯姆，凱倫．阿蘭飾演女兒蘿拉，是一個內向羞澀，缺乏自信心的跛腳女孩，劇名《玻璃動物園》來自於這個宅在家中古怪女孩的興趣，她喜歡蒐集玻璃小動物，「蘿拉跟這個世界脫節得愈來愈厲害，到了後來她自己也成為她蒐集的動物群中的一個，她過於嬌柔脆弱，以致不再能離開那安裝著它的架子。」

時間是一九三〇年代美國大蕭條的尾聲，這個中下階層的家庭位於又暗又窄的後巷，出入須靠防火梯。巷內滿是亂七八糟的曬衣架，間雜著垃圾桶。這個家庭的經濟並不寬裕，父親不告而別後，母親當電話推銷員勉強維持家計，兒子高中畢業後沒繼續升學，在鞋廠當搬運工人，能寫詩，常藉著看電影逃離家庭。多年後我找來劇本，劇作家說：「這場戲源於記憶，所以它缺乏真實性。記憶可以不受普遍形式的約束。它可以把某些瑣屑細節略而不談；而誇大其他細節，看那事物在記憶中的感情價值如何，因為記憶畢竟是心裡的事情。因此室內相當暗淡，充滿詩的氣氛。」

暗淡的室內，蘿拉沒有自己的房間，客廳的沙發床拉開來就是她的睡床。與之相伴的還有櫥櫃上的玻璃小動物，蘿拉不參加社交，沒有朋友，唯一的興趣就是擦拭它們的身體，其中有一隻獨角獸已經「十三歲」，是蘿拉的最愛。

高中肄業，蘿拉沒有一技之長，母親讓她去學打字，每天早上七點半出門，五點回家，看似尋常，其實她每天都翹課到動物園看企鵝，偶爾也會省下午餐錢去看場電影（和我一樣）。蘿拉走路一顛一簸，身上穿著不合身的母親舊大衣，天氣嚴寒時她會躲到美術館或植物園的巨型熱帶花房，在外頭閒晃要走一整天的路，此時的蘿拉很快樂。直到母親遇見打字班老師，才知道這個「極其怕羞」的女孩一打字就會手抖，做測驗時痛哭昏倒。蘿拉輟學不是第一次，高中時參加合唱團，她心儀的男孩吉姆是男高音。每個禮拜的練唱成了酷刑，蘿拉穿著鐵製的踝梏，一級一級慢慢爬上樓梯，總是遲到，在所有人以及吉姆面前走進練唱室，蘿拉坐在最後一排，還須從前面一直走到後面，她異化為鐵器的肢節在地上磕碰拖行，聲響有如雷鳴。蘿拉找不到理由不去合唱團，索性退學，徹底離開吉姆的眼前。

蘿拉是輕輕一碰就閉合的含羞草，母親是在陰暗陋巷也要招展的向日葵。母親不許別人提起「殘疾」、「跛腳」，卻給蘿拉帶來無盡的難堪。母親是來自南方大戶人家的女兒，曾經一次接待十七位傾慕她的「男朋友」，椅子不夠坐，差遣黑僕人去教堂借些折椅回來。母親活在過去的回憶裡，蘿拉高中沒畢業，也無專長，這些都不大要緊，最要緊的是蘿拉從來沒有接待過一個男朋友，她對兒子湯姆說，「你不曉得那有多麼可怕，多麼悽慘，多麼丟臉。」湯姆無法忍受棄婦的碎唸，找鞋廠同事吉姆回家吃晚餐，他和吉姆高中就認識，吉姆是籃球校隊、學生會長、辯論會會長，能言善道，同時也是蘿拉合唱團裡的那位吉姆，「吉姆不是跑，就是跳，從來不好好地走路。他好像老是要戰勝地心引力似的。」動如脫兔的吉姆，與陰沉窒礙的蘿拉成了強烈對比。畢業六年後，湯姆很意外吉姆沒有一飛沖天，而是在鞋廠當職員，只比搬運工好一點。

整齣戲的高潮，在湯姆帶「陌生人」回家的一幕。母親換上新窗簾與玫瑰色燈罩，罕見地為蘿拉購置新衣，劇本裡卻沒有明確形容那新衣是什麼模樣，只說「她活像一塊透明玻璃，在光線照耀之下，發射出一種轉瞬即逝的光芒，既不真實，也不是恆久的」。反觀母親「穿了一件黃色的少女紗裙，上面紮了一條藍色絲緞腰帶，手裡拿著一束黃水仙」。

門鈴響了，三番兩次，母親催蘿拉去開門，「蘿拉打了一個寒噤」，門外站著六年不見的吉姆，蘿拉只要走動，又會暴露出她短了一截的跛足，中學時的雷鳴巨響又會出現在她的耳廓。母親不放過她，喊她的全名，蘿拉．溫菲爾德——為什麼妳怕去開門呢？現在，快去，妳馬上到門邊去。蘿拉開門，「屏息凝神像一隻驚慌失措的鹿」，接著躲回屋裡，晚餐坐定，母親喊蘿拉入座，「她顯然十分虛弱，她的嘴唇顫動不已，張著眼睛向前凝視，她搖搖晃晃走向餐桌。」

舞臺劇字幕下了兩個字：「**恐怖**」。

物傷其類，我是多麼能懂得，發生在蘿拉身上的「恐怖」為何事。在全然陌生的環境，我會將自己對折再對折，閉鎖內縮一如蘿拉。一九八七年夏天，國一升國二的暑假，我代表班上去陽明山參加臺北市中學模範生的研習活動，兩天一夜，我像緊緊閉合的蚌殼，吐不出沙，沒有跟任何人講過一句話。點名時帶隊的老師不知怎麼把我的姓氏「房」看成「序」，她叫了好幾次「序慧真」都沒有人應答，分組活動我再次被篩落下來，我找了一個無人角落哭了出來，這居然只是第一天下午，還有晚上，還有第二天上午，度秒如年，沒有盡頭的「極刑」。在人群中形單影隻是難堪的存在，就像蘿拉架上的玻璃動物中，唯一一隻帶尖角的獨角獸。唱盤響起華爾滋，吉姆拉著蘿拉的手跳舞，在這支舞結束之前，吉姆會先吻上蘿拉，「演這場戲的時候，應該隨時注意，事件本身雖然不甚重要，可是對蘿拉而言，那是她的感情生活的頂點。」一次迴旋轉身碰碎獨角獸。一曲終了，吉姆會告訴蘿拉，他有個即將訂婚的穩定女友。蘿拉撿起脆弱的玻璃小動物，「我就當作它剛剛動了一次手術，割去了尖角使它不那麼畸形怪狀。」

我不知道要如何割去我頭上的尖角，不那麼「畸形怪狀」。到麥當勞櫃檯排隊點餐，還沒輪到我，我會在心中反覆默唸：「您好，我要點一個麥香魚，一份大薯，一杯中杯可樂。」一次三次五次七次的默背，就怕等下張口會突然語無倫次，只因為櫃檯的服務生是「陌生人」，我一向懼怕陌生人，在田納西．威廉斯另一部劇作《慾望街車》裡的臺詞：「我總是仰賴陌生人的善意。」大薯的番茄醬需要兩包或更多，可樂的冰塊要少一點，微冰就好，這些額外的需求，我要到了讀大學之後才敢開口。我還想再加點一個淋上草莓醬的聖代，字數過多，有讓舌頭打結的嫌疑，於是作罷。街角巷口的雜貨店是我的受難地，看店的阿婆重聽，又不太能聽國語，我時常要在她耳邊吼了又吼，臉變形腫脹，語音抖碎，好不容易她才從暗格夾層中摸出一包味精給我，帶回去交差。父親在家，我不敢埋怨母親，下次不要叫我去做「這種事」。漸漸地，便利商店、超市多了起來，進入現代化的自動空間，買東西結帳一句話都不用說，速食店開始有一號餐二號餐三號餐的設計，只需要講三個字就好，我如釋重負，從刑臺走下。

這千迴百轉的彆扭，是基本的應對進退、待人接物的匱乏。從小我並沒有練習的機會，父系親族都在海外，母系親族這一脈本可以多往來，父親卻將之斬斷。母親最小的弟弟，小舅舅從臺中搬上來，在臺北娶妻生子，把外婆接上來同住，舅舅家和我們家住在同一條街上，走路十分鐘就到。照理來說，母親回娘家再方便不過了，母親每次回舅舅／外婆家，她身後都會有我哀怨的眼神緊隨。首先是，母親居然不帶我一起去，留我在家和父親獨處，沒有母親的緩衝，父親盡可以恣意刁難我，命令我刷馬桶，做些繁重的家事，或者突然看不順眼就擰我一把。其次是，我知道過了晚上九點，我就要打那通惺惺作態的電話，父親不會自己打，總是叫我打電話去舅舅家，叫母親趕快回來。母親在舅舅家聊得盡興，若回來得晚一點，九點半，父親會叫我打第二通，十點打第三通，還不回來，父親會將家門完全反鎖起來，讓母親進不來，接著就是整棟樓都聽得到，鐵門內外的叫罵嘶吼……，一整夜的混亂無序，是母親回一次娘家的「代價」。我在心底，也不經意順著父親獨裁的思路，開始埋怨母親為什麼不早點回家。

來自赤道婆羅洲的父親，獨裁是他在異地島嶼著根的方式，盡可能斬除藕斷絲連的親朋往來，將我們幽禁起來，他是國王，我們仨是他的臣民，他的小小圍城漂蕩在浮島上，哪裡都靠不了岸。父親在華航工作近三十年，從來沒聽說過他有什麼可以交心的同事，也不曾聽說過他有「朋友」。父親形顯於外的樣子，是個勤勤懇懇，上班從不遲到早退也從沒請過病假的白領人士，下班後也從不喝酒聚餐應酬，沒有不良嗜好，搭交通車準點到家，從不在外耽擱停留。

父親每天都回家吃晚飯，挑剔母親做的菜，母親每日的買菜錢須向父親支領，一筆一筆算得清清楚楚。婚後父親不准她繼續工作，要她當全職的家庭主婦，經濟大權被父親捏在手心，唯有如此全然宰制的支配關係，才能讓這座島嶼上，遲到又遲到的移民如父親，感受到一絲稀薄的安全感。

野火

一九八八年初夏

可怕的是這一切細節我都預想過。
在還有熱氣的淡紅色肉前，我一直嘔吐。從空的胃底流出了黃色的液體。
如果此時神已經改變我身體的話，神就有光榮了。
我感覺到憤怒。如果人因其饑餓的結果，而彼此相吃是必然的話，這個世界只是神憤怒的痕跡而已。

——大岡昇平《野火》

小南和我一樣，來自河堤邊陲的小學，我是丁班，小南是乙班，我們原本沒有什麼交集，只因兩班的導師合作，一起在外開設數學補習班，半逼迫兩班學生參加，教些雞兔同籠的難題，明明上了國中用方程式就可輕鬆解開，卻要摧折我們，把升學壓力的渦輪提前開啟。我們背著老師偷偷抱怨：「是哪個神經病出的題目，有誰會把雞和兔關在一起？」

兩位老師害怕被督學發現，耳提面命讓我們放學後分批繞路走，不走大馬路，專門揀些羊腸小徑鑽，沿著晉江街的迂迴長巷，走著走著會誤闖死巷，死巷內竟有一棵三、四層樓高的大樟樹，被委屈地困在這裡，養在深巷人不知。如果是平時會有種探險的心情，無奈一想到終點就喪氣。

從汀洲路穿過晉江街抵達南昌街，補習班位於一棟舊式公寓的三樓。樓梯是直線上去的長樓梯，沒有迴旋轉角，大概想要隱密，樓梯間並不點燈，盡頭處一片漆黑。爬樓梯摸黑進了教室，階梯式一體成形的桌椅，燈光是魚肚般的青白，瀰漫著密閉空間廁所揮之不去的阿摩尼亞味。沒有參加課後補習，隔天早自習的數學測驗就會吃鱉，段考更是不用想了，這是兩位老師狼狽為奸的共謀，懲罰那些因為家境或其他因素無法來補習的邊緣人。

小南是一匹孤狼，沒有參加補習，乙班同學經常議論她，背地裡嘲笑她。小南五官分明，濃眉鳳眼帶著英氣，如果留長髮一定很好看，小南卻反其道而行，在上國中以前就將頭髮削薄剪短，黛咪摩爾式的髮型，要等到一九九〇年《第六感生死戀》上映後才流行起來。小南剪了男生頭，卻從來不會有人混淆她的性別，十二歲的小南在一群小學生中間鶴立雞群，十分顯眼，常成為小男生捉弄的對象，只因為小南發育良好，胸部雄偉成丘壑，上體育課跑步時男生總盯著她的胸部一陣亂笑，打躲避球時會故意把球砸向她的胸前，小南並不因此駝背自卑，而是抬頭挺胸朝男生罵髒話回去。小南有種超乎我們這個年齡層的成熟，有著冷眼旁觀這不公平補習把戲的清醒與凜然，那時候我們都不瞭解小南，只覺得她很怪，很不合群。小南不靠補習，小學畢業那年考上競爭激烈的金華女中美術班，如無意外，就會循著師大附中美術班、師大美術系的軌跡一路前行。

✧

上了國中，因為時常一起等公車回家，我才真正和小南成為朋友。我早已忘記一開始是怎麼與小南攀談起來，只記得是和龍應台的《野火集》有關。一九八四年十一月二十日，一位海外留學生投書到《中國時報》人間副刊的文章〈中國人，你為什麼不生氣〉刊出，掀起滔天巨浪，接著又刊出〈生氣，沒有用嗎〉，人人爭相走告傳閱，蔚為一時文化現象。很快地文章在一九八五年底集結出版。創下二十一天內再版二十四次，半年五十刷的紀錄，是八〇年代的暢銷話題書，幾乎每個家庭都可以找到一本，包括我家。三十年後我從書櫃找出這本書，定價一百四十元，書上貼有金石堂的標籤紙，是稀罕的初版，想是甫出書，母親就迫不及待買下來。

母親的藏書不多，擺滿不了一個小書櫃，都是女性作家如琦君、廖玉蕙、劉靜娟、張曉風的散文，寫一些為人妻為人母的家庭題材，歲月靜好，現世安穩。突然來了一本《野火集》，同樣也是女作家，卻刺激得很，書中有一篇〈生了梅毒的母親〉，將臺灣比喻成母親，諸如「剝了皮的青山」、「像一身都長了癬，爛了毛的癩皮狗，更像遭受強暴的女人」的修辭方式都十分辛辣，我第一次知道散文可以寫強暴與梅毒，還有長癬潰爛的癩皮狗，而「梅毒」與「母親」居然並列，龍應台寫：「我的母親生了梅毒⋯⋯我既不願遺棄她，就必須正視她的梅毒，站起來洗清她發爛發臭的皮膚。」讀完《野火集》，我彷彿被打通任督二脈，覺得自己十足「前衛」，很想找人說一說。班上同學沒有什麼人對《野火集》感興趣，國文老師覺得這樣的作品不夠「敦厚」，我們的心智還未成熟，還沒有自己的判斷力，易被「汙染」。唯一能和我聊《野火集》的是小南，卻不是我預想中的談論方法，超出我所能理解的範圍。

我依稀記得，小南對這本書不以為然，像是為反對而反對，留給我好辯的印象，我辯不過小南，畢竟我所讀過稍微嚴肅一點的政治時事評論只有《野火集》，我甚至不知道，什麼是「政治」。我知道的只有朱高正跳上國會主席臺打架，每個老師上課都在痛罵他，怎麼會有如此不堪的國會毒瘤、政壇流氓？是不是大眾的麻木與軟弱容許這一切？我暗自納悶，《野火集》批評的不對嗎？《野火集》裡滿臉橫肉拿出鐵棒要揍人的都是嚼檳榔吐紅汁滿口三字經操臺語口音開計程車的做攤販的……雲林地區選出的立委朱高正也是操臺語口音滿嘴髒話，我也想問：中（華民）國人，你為什麼不生氣？

小南不僅批評《野火集》，她還說，朱高正不是壞人，不是暴徒，遠遠不是新聞報導出來的那個樣子。怎麼可以幫朱高正講話呢？我幾乎要跟小南翻臉。一九八七年五月三十日，中央政府總預算質詢，民進黨籍增額立委朱高正，突然像蚱蜢一樣跳上「神聖的」主席臺，震撼社會。一九八八年四月七日，又是為了總預算質詢，朱高正再度魚躍上臺，推倒主席劉闊才，和趙少康等國民黨立委扭打起來，自此開啟臺灣國際馳名的立法院打架文化。晚上七點打開電視，臺視中視華視，清一色是衣冠「魔鬼」的囂張惡行。新聞不會報導，很長一段時期歷史書裡也不會教，「國會第一拳」朱高正對臺灣初期民主進程有其貢獻。北半球的蝴蝶輕輕揮動翅膀所引起的微弱氣旋，是南半球暴風雪的前身，朱高正揮動雙臂，擾動一灘不流動的死水，影響所及，讓大陸時期所選出的萬年老國代退職，一九九一年國會全面改選。第一支讓綠色小組賺錢的錄影帶，是一九八七年的《尤清、朱高正立法院質詢實況》，電視新聞只會剪朱高正打架的畫面，這支在各大夜市販賣流通的影帶，讓民眾第一次真正見識，認真準備質詢內容的反對黨立委，引用資料有理有據，令人嘆服。朱高正留學海外有高學歷，卻不會端著架子，甚至會罵老立委三字經，充滿戲劇性的張力，十分吸睛。

三十年後回頭看，我才能真正瞭解一九八七年小南的世界，和其他人像是兩個全然平行不會相觸的宇宙。有一次下了公車，我們話還沒聊完，我陪著這位秀異的朋友走回家。小南住在昔日賣二手廚具的中正橋下自強市場附近，離開大路，愈往河邊堤岸走去，騎樓都被占據，寸步難行，都是門口堆滿大型海產冰櫃的舊貨店，鋪在碎冰上的花枝田螺大蝦早已不見蹤影，只剩下螢螢青光幽幽照著空寂。做小吃攤是許多中南部移民，在臺北的第一件營生，經營不善倒店的出清廚具，想開店的來二手市場撿便宜，循環輪迴，生生不息。住在十層樓高的留歐歸人，無法忍受對街攤販占據騎樓，《野火集》寫：「使走廊垢上一層厚厚的油汙，腐臭的菜葉塞在牆角。半夜裡，吃客喝酒猜拳作樂，吵得雞犬不寧。」這些喧譁海派的路邊攤，在一九八七年解嚴前後，往往是在街頭衝撞了一整天的報社攝影記者、黨外雜誌編輯、綠色小組成員的小憩之地，白日穿梭在棍棒警盾間，被充分激發的腎上腺素，需要在夜裡以大量的酒水與幹譙，讓整個人鬆弛下來。

小南跟我說，她的爸爸開計程車，也在黨外雜誌當編輯。什麼是「黨外」？我聽都沒聽過，是什麼外星名詞嗎？即使小南當年回答，都不在我所能理解的範圍。「黨外雜誌」，小南說起這四個字，半是驕傲，半帶著憂悒的神色。夕陽西沉，在不遠處的川端橋（後改名為中正橋）上，可見河水被染成一條流盪的金帶，金箔般的餘暉也撲上小南雙頰，我目送她消失在舊貨街的盡頭。後來我忙著補習，不和她一起等公車，漸行漸遠，失了聯繫。多年後在網路搜尋引擎，我鍵入小南的姓名，才知道她的爸爸是誰，媽媽是誰。二〇二一年，促轉會委託學界研究八〇年代威權統治對大專院校師生進行嚴密監控的檔案，其中一個專案，小南已離婚的父親、母親都被調查局掛線監聽。

✧

家庭淵源使然，小南的第一場大型街頭運動洗禮，必定來得很早。聽綠色小組成員麻子說，小南在街頭認識他們，國高中的時候成天在綠色小組的德惠街基地鬼混，徹夜不歸父母好像也無所謂。有次小南突然剃了大光頭，把大家都嚇了一跳。

解嚴後那幾年的街頭，小南自然不會錯過，一九八八年五月二十日，解嚴後的第一場大型街頭抗爭，小南的父親也在場，當時擔任黨部雜誌編輯，在夜間的抗爭被拖入城中分局毆打。朱高正也在場，綠色小組五二〇運動的影片，記錄下朱高正在病床上包著繃帶，氣若游絲的控訴。鎮壓當晚，農權會宣傳車上的人，以及不少農民、一般民眾、來聲援的學生被押進城中分局，朱高正去討人，當場看到警察打人，他提出抗議，警察看著他說：「哦！你是立法委員，更該打，打死你。」一個多月前才跳上立法院主席臺，全國知名的「悍匪」，此時被十幾個警察圍毆，猛踢他的小腹，虎落平陽，霸氣全失。

八〇年代中期過後，美國強力推動自由貿易，要求臺灣開放市場，進口美國農產品。一九八八年五月二十日，距離臺灣依據GATT第三十三條規定提出WTO入會申請的一九九〇年還有兩年，雲林農權會率農民北上抗議，是為五二〇農運。全球化下自由貿易的浪潮，如海嘯重重地衝擊中南部農民，波浪打來，只輕輕地溼了我的腳踝。

同樣在一九八八年，美國祭出「特別三〇一條款」，這是一九七四年三〇一條款的加強版，特別針對智慧財產權，用來懲罰放任盜版，不保障美國智慧財產權的貿易對手國家，臺灣被納入優先觀察國名單。美方盯上在臺灣盛行的MTV，一九八八年臺美舉行貿易談判，美方認為僅供家庭觀賞的錄影帶、LD在MTV上映，是越權使用，涉及違法。一九八九年美方再度警告，如不再處理MTV的侵權問題，將動用「特別三〇一法案」對付。一九九二年鍘刀終於落下，臺灣政府不得不回應，大力取締MTV，太陽系在取締多次後被斷水斷電，關門大吉，我彷彿失了半邊魂魄。

綠色小組痲子說，一九八八年五月二十日，是非常漫長的一天。雲林農權會北上抗議，早上十點先在國父紀念館集合，在綠色小組的鏡頭內，可看到有多種警察編制，有穿土黃色制服，拿齊眉長棍與方盾的憲警，也有穿深藍色制服，拿圓盾的鎮暴警察，正在一旁整隊，陣仗浩大。除此之外，還會安插許多便衣刑警，以及「抓耙子」在人群中臥底伺機引起騷亂。中午過後，農民出發往立法院以及國民黨中央黨部抗議。遊行的農民一看就是做事人，曬得黝黑，體型乾瘦，正經過臺北市繁華東區的廣告看板下，看板上是時裝廣告，兩個金髮少女頭戴造型浮誇的歐式拿破崙帽，與農民頭上的竹斗笠形成強烈的對比。沿路經過，還有一家美式餐廳，將整臺紅色的凱迪拉克跑車鑲嵌在二樓，當成招牌。鏡頭掃過集結的憲警，土直憨厚的氣質，他們多是來自中南部的種田家庭或花東的原住民，頭盔盾牌上身也掩不住那股拙樸，當他們扭成一股繩索，成為國家機器的一個零件，舉起棍子往那些宛如家鄉叔嬸樣貌的農民頭上打，綠色小組的傅島在回憶錄裡說：「那是真正的打，不是輕輕地打；而是『天公剖』，那種深仇大恨的打，真的是要讓你頭破血流出足力道的打。」

抗爭從下午立法院拆招牌，國民黨部前的衝突，延伸到傍晚於臺北車站前，警力集結從東西兩端將人群包圍起來，甕中捉鱉。八、九點左右民代、學生，其他民眾紛紛前來聲援，輪流上去發言。到了凌晨，坐在第一排的學生喊著「和平！」「和平！」「和平！」兩年前是黨外雜誌經銷商，在高速公路燒毀雜誌的才哥，此時成了黨外雜誌的攝影記者，拍下最能代表五二〇的一張照片，學生坐在地上抱頭，大批警察踩踏過來，警靴直接踩在他們的身上、背上、手上。傅島說：「午夜兩點多，鎮暴部隊整個合圍過來，那種陣勢非常驚人，你站著看，可能感覺不強烈，但你坐在地上看著全副武裝的鎮暴部隊整齊的踏步聲、盾牌聲、棍子撞地聲、急促的殺威聲、整個黑壓壓移動，那種影像非常巨大，很駭人的！」

漫長的五二〇，從白天到黑夜，綠色小組的成員全員出動，痲子感覺警察特別針對他們，水柱朝綠色小組的攝影機這裡沖，機子壞了好幾臺。體制外的綠色小組沒有記者證，少了一道護身符，還好有群眾的保護以及其他同業的掩護，才能將拍好的帶子先運出去。

躲過棍棒與水柱，在兵荒馬亂的運動現場記錄真相，這只是第一步。凌晨三、四點，麻子搭陌生人的便車回到德惠街，兩臺被水柱沖溼的拍攝機器正擺在地上，電風扇強力吹著。遠遠還不是睡覺休息的時候，李三沖負責剪接，其他成員找出各自拍攝的片段給李三沖統籌，先剪出短版的新聞快報，拷貝後透過在縱貫道奔馳的野雞遊覽車，以及排班的計程車，將帶子運往全省各地播放，好抗衡五月二十一日晚上三臺七點新聞鋪天蓋地的抹黑。接著到醫院採訪被打傷的朱高正以及學生們，結合五二〇當日實況，剪輯成一個多小時的帶子，由麻子交給地下工廠拷貝。

第一批帶子拷好，送回來貼標籤弄封套才能出去。麻子從德惠街八樓陽臺往下看，看到一對男女在下面假裝是情侶，這幾天始終有人盯梢。麻子找朋友開一輛車來，把一些空的帶子裝上車，這對男女很自然就跟上去。調虎離山後才將帶子送出去，第一批安全送到臺中。

這支帶子必定熱銷，很多攤販等著要，紛紛來德惠街守候，在麻子信得過的地下拷貝廠，一天頂多拷兩、三百支，攤販等不及說他們要自己盜拷了。麻子說：「從運動的角度來看，要趕快擴散出去。要不要讓他們盜拷，我陷入兩難，只能沉默。攤販就當我默認了，五二〇的帶子我們除了自己發行，外面流通的盜拷更多。」

幾天後新聞局和管區上門來取締，麻子記得那一天的場景，包裝的人手不夠，連失明的莫那能都被找來幫忙，「阿能一出電梯，就喊『不要動！警察來了！』他當然是在開玩笑，他看不到外面滿滿都是警察。我們啼笑皆非，只能跟他說，阿能，別鬧了，你的周圍還真的都是警察。」

行事縝密的麻子早將五二〇母帶送往信任的朋友處，但是帳本還藏在天花板。剛好有位小兒麻痺的朋友也在現場，麻子把帳本藏在他的書包裡，他拄枴杖一步一步慢慢走出去，警察放行，沒想到要搜身。綠色小組全身而退。

✧

一九八八年五月二十日，星期五傍晚，我應該又是在前往補習班的路上，也有可能翹掉補習班，我會待在金石堂讀幾個小時的閒書，直到晚上九點費玉清的晚安曲響起。晚上九點，小南會不會已經加入那群大學生的行列？影片中，大學生大多能說一口流利的臺語，有幾個人說，他們來自中南部，父母都是做農的，有一位學生的爸爸還被押進城中分局。建中的學生也上去發言，說沒幾句臺語就不輪轉，接下來只能說國語，他應該是臺北長大的小孩，這並不意外。要等到一九九七年民視開臺，隨後幾年，臺北小孩跟著看《臺灣霹靂火》的狗血八點檔連續劇，才漸漸把臺語的聽力練起來。

一九八八年五月梅雨季節，我的生活有多麼刻板蒼白，小南的生活就有多麼狂飆精采。我很難解釋，這樣一位萍水相逢的國中同學，我們的相處時間少得可憐，大約就是幾次談話，為什麼我始終對她念念不忘？千禧年後開始有Google搜尋，每隔一段時間，我會上網搜尋小南的名字。前年冬天，跳出來美麗島事件受刑人家屬唐香燕女士的一篇文章，追憶的是小南的母親。小南的父親是臺獨理論大老，網路上有海量的資料，我不知道原來小南的母親也是「黨外」。唐香燕的文章寫，一九七九年底美麗島事件發生後，家屬常聚在周清玉或許榮淑家討論救援方式，也有一些關心的朋友前來幫忙，其中就有小南當時還未離婚的父母親。燈徹夜亮著，一屋子人聲鼎沸，客廳的長桌上睡著兩個小孩，「一男一女兩個孩子，大概是快上小學的年紀。老晚都應該上床了，卻還在別人家裡，撐不住，鬧瞌睡，雲端會抱著他們搖搖哄哄，等睡著了，就把他們抱上桌睡。……孩子就在眾人環繞間睡著。燈也亮著。各種憂心的、恐慌的、激動的、努力壓抑哽咽的言語在他們身上交錯來回。」

小南與我同齡，一九七九年，她大約是四歲或五歲。唐香燕寫，這並不是偶一為之，是經常如此。一九七九年美麗島事件，以及隨之而來的一九八〇年林義雄家宅血案，關心奔走的朋友中，都可以看到小南母親的身影。小南和弟弟夜夜睡在別人家的長桌上，在亮熾的燈光下，嘈切細碎的言語中好不容易孵了一點睡意，又被母親無情地叫起，要回家了，睡不飽的小貓嚶嚶啼哭，被瘦弱的母親抱著牽著，穿行走過暗夜長路，夜凍如冰，天幕如一張鑲滿碎鑽的黑毯，輕輕覆蓋在小南姊弟身上，睡吧，睡吧，一張眼到了八〇年代，黑暗褪去，天光大亮，哭泣與耳語將會化為聲音與憤怒，發出鏗鏘的金屬敲打聲。

參考資料

- 龍應台，《野火集》（臺北市：圓神，一九八五）。

- 麻子王智章口述紀錄，二〇二三年三月。
- 綠色小組，《五二〇農運影像紀錄》（一九八八）。
- 陳世宏編，《衝撞與凝聚：綠色小組口述訪談集》（新北市：遠景，二〇一六）。
- 唐香燕，〈見聞追想錄——雲端猜想〉，Our lightning部落格，二〇一九年十一月，http://mylightning.blogspot.com/2019/11/blog-post_21.html。

計程車司機

一九八八年深秋

一九八八年冬日早晨，擠不上開往學校的〇東公車，我又快要遲到了。沙粒急速流下，沙漏底部是即將被淹沒的我。趕不上早自習，朝會時就會在全校面前罰站示眾，像個罪犯。口袋裡有母親給我中午訂便當的錢，我招來計程車，莫非定律這麼說，不趕路時綠燈暢行，趕路時候紅燈阻攔，我心急如焚，塞在車陣中也無可奈何。金華街預備轉新生南路，已到學校旁，又塞住了。我看到圍牆裡的學生，聚集在教室走廊往外看，不知在騷動什麼。司機說，前面不知道發生什麼事無法通行，離校門不遠，妳下來用走的吧。大批警察圍住，我有一股不祥的預感，這不會是什麼交通事故，眼觀鼻鼻觀心，等下走過一定不要往右看，看到一個人形形體用白布蓋著，白布不夠長，露出一雙沒有穿鞋子，塗著指甲油女人的腳，岔開成八字形。我屏息閉氣經過她，進校門的那一刻我還是遲到了，斥罵就斥罵，罰站就罰站吧。

光腳女人的「殘影」，連同國小上學時吊在校門口榕樹上的老人一起，在整個青春期不斷閃現疊合，提示我，父母師長說的「努力考上好大學，未來一片光明」其實是一種催眠，夢醒了，夜歸被強暴的獨行女人，晚年窮途潦倒把自己掛在樹上的老人，這樣的礁石遍布於人生的激流處，一次撞擊就粉身碎骨，黑幕降下。

臺灣第一起連續性侵殺人案，深夜將屍體大剌剌棄置於市中心的金華女中旁，不知是歹徒無心，或者有意恫嚇。臺北之狼張正義租了一臺藍色福特全壘打，加裝車頂燈成了計程車，再偷來父親的計程車車牌，上路營業，有客就載，沒錢就搶。他挑上林森北路酒店區載客，酒店小姐下班後已略帶醉意，較好控制。開到僻靜處，張正義藉口車子爆胎，要下去修車，他打開後車廂取出繩結，此時的計程車成了流動的棺材，搶劫、強姦、殺害、運載棄屍都在這個狹小空間完成。沒有天眼監視器的年代，警察遲遲未能破案，大海撈針終於找到張正義的這一天，他的身上只剩五十元，停車在八〇年代的地下舞廳「維納斯」前準備載客，預備再次犯案。

張正義的父親原先也開計程車，生病後無法營業，張正義只有小學畢業，無業晃蕩，喜歡去八〇年代流行的迪斯可舞廳，舞池裡跳舞的大學生可望而不可及，各種時髦的消費都要錢，八〇年臺灣錢淹腳目而張家依然乾涸。臺北之狼落網後，當局速審速決，隨即槍斃，沒有犯罪心理描繪，張正義像一抹扁平沒有縱深的黑色剪影，瞬間隱入深巷，月黑風高時以另種面貌再度現形。臺北之狼只是開端，同時期結伴而來的還有士林之狼（一九八六—一九八八年）、新店之狼（一九八八—一九八九年）、臺中電梯之狼（一九八九年）。到了一九九六年彭婉如搭計程車消失在夜色中，一九九七年犯下擄人撕票的陳進興流竄大臺北地區強姦婦女，成長在這十年間的女性身體，被恐怖恫嚇包圍，與戒嚴遺緒的規訓合謀，像石頭一樣堅硬冰冷。

早年的姦殺案有其時代背景，一九四九年國民政府遷臺後，為了要反攻大陸，限制軍人結婚，準備反攻不能安家，一九五〇年代現役或退役軍人強姦婦孺的案件層出不窮。下一階段的高峰，要到了八〇年代中期，解嚴之後，「××之狼」大行其道，劫財成了主要目的，劫色是順便，狠一點就殺人滅口。計程車駕駛人此時仍未納入警政機關管轄，也還沒有車隊編制，成了絕佳犯罪工具。除了像張正義這樣的單人作案，也有雙人搭檔形式，謝福源、黃守昆兩人坐牢時結識，假釋出獄後合夥犯案，謝福源負責開計程車，黃守昆躲在駕駛座右側的座位以衣服覆蓋，開到無人處，謝福源將音響轉大聲，是動手的信號，黃守昆就爬往後座。雙人組合一九八九年在大臺北地區強盜、姦殺四名女客。有時候，計程車司機本人也成了獵物，或純粹搶劫，或殺人將車劫去當犯罪工具。電視新聞不斷宣傳，呼籲女性不要單獨夜歸，不要穿著暴露，但士林之狼都在白天犯案，鎖定菜籃族，尾隨一段路見四下無人，用棍棒猛敲後腦搶走錢財，禹建忠是現役軍人，利用當兵休假回家時在士林區「賺外快」，有次要回營區沒錢搭車，隨機找路過婦女當提款機，襲擊後搶走幾百塊錢。

女性搭計程車不行，走路也不行，開車自駕總安全吧！一九八九年不到二十歲的詹貴合強盜強姦大臺北獨自駕車的婦女，尾隨其停好車，上前挾持。在一九八九年，還有朱守成犯罪集團橫行大臺北，隨機強擄婦女軟禁，以及彭再興開著麵包車假借問路強姦十餘名少女、姦殺與隆國小的十歲女童……新聞裡女警示範防身術，呼籲女性隨身攜帶哨子及防狼噴霧器，人救之前先自救。八〇年代警察分身乏術，同時期還有層出不窮的銀行搶案、運鈔車搶案、擄人勒索撕票案、因為大家樂賭博糾紛而起的滅門血案、黑道械鬥血拚、十大槍擊要犯黃鴻寓（黑牛）、林來福（鬼見愁）、劉煥榮、楊雙伍……

與犯罪率同樣蓬勃的是GDP，犯罪與經濟魚水共生。六〇年代推動出口導向令臺灣經濟快速起飛，創造七百億的外匯存底，成為亞洲四小龍之一。一路厚實累積來到八〇年代，一九八六年股票剛突破一千點，短短四年就衝上萬點。八〇年代中期開始流行的大家樂，每個月流動的地下賭資高達六十億元，林森北路與民生東路口的地下舞廳黛安娜每年的營收超過上億元。男廢耕女廢織，最好的職業是組頭，人們爭相求明牌，簽中了半夜在荒廢農地請脫衣舞團火辣酬神，簽不中神像也要落難被斷手斷腳丟入河中漂流。滾動的資金，膨脹的慾望，一九八五年爆發十信案，受害存戶達千人以上，六十多家企業面臨破產。接著是一九八九年鴻源案，以高利率為誘餌吸金達千億元，投資人以軍公教人員為主，血本無歸。

打開潘朵拉盒子，釋放出八〇年代妖魔鬼怪，百鬼夜行的鬼王，或許是八〇年代初期的一個計程車司機，退伍軍人李師科。他先在一九八〇年搶劫警槍，埋伏籌謀兩年後，在一九八二年四月搶劫土地銀行古亭分行，他跳上銀行櫃檯大喊「錢是國家的，命是你們自己的」，彷彿替天行道的義賊廖添丁轉世。被捕後他對記者說，搶銀行是因為看不慣社會上許多爆發戶，經濟犯罪一再發生，社會貧富差距劇烈，窮人無處翻身。

八〇年代和同學假日約出來，搭乘公車，沒有平日上班日的擁擠，我們喜歡坐在最後一排靠窗的座位，把窗全拉開，讓風灌進來，沖散公車的柴油氣味。接著我們會拿出立可白，在前排座位的椅背上塗鴉，塑膠畫布上已畫得密密麻麻：「〇〇〇愛□□□」、「大安國中△△△是笨蛋」、「◇◇◇很寂寞想徵友」，層層相疊，新的蓋上舊的，我寫「Duran Duran好帥」，小金寫「光GENJI更帥！」Duran Duran是英國搖滾樂團，成員一個比一個俊美。光GENJI是傑尼斯旗下藝人，同樣雌雄莫辨走陰柔風，活躍於八〇年代中期，年代介於少年隊和SMAP之間。在九〇年代有線電視崛起之前，八〇年代流行過一陣子的小耳朵（衛星訊號接收器），家庭私自裝設，在當時實屬違法，但在臺北市的公寓樓頂到處都是張開的耳朵，我家和小金家都有裝，我看播放音樂錄影帶的MTV臺，小金看NHK的歌唱節目追星。週末假日，我和小金經常會約在西門町的萬年大樓，頂樓的金萬年冰宮是高中生大學生的聯誼聖地，我們只是國中生，眼裡只有偶像，對交男友沒興趣，不往頂樓去，而是在其他樓層逛專賣進口日本雜誌的書店，我讀不懂日文，但只要看到封面有Duran Duran就買回來，日本雜誌印刷品質好，光看圖也開心。雜誌並不便宜，在當時是一筆很大的花費，我向母親騙來的補習費，除了去太陽系MTV，有大半浪擲於此。買完雜誌，我和小金會到地下一樓吃冰，看到鄰桌的大人點一盤中間加上一顆生蛋的月見冰，下一次我們也點，吃幾口覺得噁心就擱下了，大人的口味果然我們不能理解。

有一次和小金約在公館逛玫瑰唱片行，遲到很久的她神色慌張，或者可以說是魂飛魄散。小金說，剛剛搭公車來，照例她坐在最後一排靠窗位置看風景，沒多久有個男人上車，車上明明很空還有其他座位，他卻坐到小金旁邊，堵住小金出去的路線。男人坐定後拉開他的褲襠拉鍊，他對小金說，剛剛被壞人注射藥劑，使他的「那個部位」腫大，疼痛之餘還會滲出奇怪的液體，他請小金幫幫忙，他真的是被壞人害了。小金看著男人誠懇的臉龐，一開始沒往壞處想，只覺得男人當下很難受，不知怎麼解除他的痛苦，小金還拿出一包面紙給男人，讓他自己擦一擦。男人反覆在她耳邊說：妳幫幫我，妳幫幫我。小金完全不記得她是怎麼逃出來的，還沒到目的地她就提前拉鈴下車，落荒而逃。

我們沒有別的選擇，當時還沒有捷運，搭計程車的危險更大，我們只好說服自己，這是成長的必經之惡。公車上恆常流動著賀爾蒙，有雄性，也有雌性，每天早上擠公車上學的頹敗心情如烏雲滿天，我期待看到宛如一小片晴空的天藍色制服，〇東同路線上的師大附中，以學風自由著稱，那些大哥哥臉上都有一抹不羈的神態。天藍色制服底下是特地去中華商場改窄打摺的制服褲，收束身形顯得腿又細又長，麥可喬丹腳上的高筒氣墊籃球鞋還未流行，大哥哥的窄管褲與球鞋之間，露出一截腳踝彷彿阿基里斯之腱。他們的書包帶子或長或短，總之都不是正常長度，鬆垮垮地掛在肩上像擺飾，裡頭似乎沒裝幾本書。搞怪一點的會將書包邊角的縫線扯斷梳成鬚，將書包上師大附中的師大塗掉，只剩附中。騷包一點的會效仿少年隊的東山紀之，將前額的髮燙出微微波浪，每天出門前都要吹整上定型液，附中會讀書又會玩果然名不虛傳，成了我每日擠公車賞心悅目的風景，立誓要考上這間高中，儘管它給女生的名額非常稀少。

大哥哥的天藍遠掛雲端，公車上對國中女生感興趣的都是些有著泥淖氣味的怪叔叔，臺北交通黑暗期正是他們大顯身手的年代。少女在裙子裡再穿上安全短褲，在薄透如蟬翼，開口又低的白色制服上衣內加件背心，仍不能免於侵犯。那些年的公車不是循序搭上而是野蠻擠上，再怎麼防衛，肉貼肉的零身體距離，總能讓人有機可趁，委婉一點就用摸的，粗暴一點的就用手肘往胸部撞擊，除了羞辱還附贈一塊烏青。他們對制服有特別愛好，姊姊讀北一女，綠制服成了強力捕蠅燈，不斷有騷擾沾黏過來。姊姊說她假日穿便服就沒事，週六上半天課，如果沒換下制服，直接穿去電影院，燈一暗下，必定會有陌生男子來坐在她旁邊，屢試不爽。

在西門町獅子林看電影，當時我隱隱約約知道，有一些我們從來未曾踏進的情色電影院，八〇年代在綜合商業大樓的暗角處隱密盛開。例如緊鄰獅子林的六福大樓九樓有白雪戲院，情色電影院不清場，買一張票可從早待到晚，戲院內瀰漫著菸味、便當味還有分泌物的腥味。獅子林大歌廳的牛肉場也盛行於八〇年代，這些都是我不曾進去的場所，在生活周遭卻處處可見蹤跡，牛肉場的宣傳海報貼在我家巷口的小吃店牆上，時常汰換更新，每次去吃滷肉飯，四壁都是裸露女體與聳動用語，可能因為太常見了，並不大驚小怪，反而覺得生猛有力。還有一些鑲著深茶色玻璃，從外面完全看不到裡面的動靜，神神祕祕的理容院，你走你的陽關道，我過我的獨木橋，我轉而上樓到窗明几淨的日系連鎖美容院，店內的王牌是一口粵語腔調的香港設計師，臨近九七大限有一波出走潮，靚仔髮型師走在潮流尖端，打扮有型，雖然一陣雞同鴨講後，他們剪出來的往往不是我想要的髮型。

✧

馬丁・史柯西斯的電影《計程車司機》（一九七六），一開場，煙霧中一臺黃色計程車駛來，駛進紐約最深沉的夜未央，雨水在車子擋風玻璃上模糊了霓虹燈招牌與建築的形狀，邊界渙散，攪成無數條混濁的顏料河流。勞勃・迪尼諾飾演的越戰退伍軍人，長時間失眠，夜晚搭車晃遊，他想著不如應徵計程車司機，「五月十日，謝謝老天爺下了雨，剛好可以帶走人行道上的垃圾，現在我可以長時間工作，晚上六點到早上六點，有時候到八點，一星期工作六天，有時候是七天。」清晨收班，他清除完後座的髒汙血跡，打卡下班，工作十二個小時還是睡不著，他一頭鑽進色情電影院，在晃動的肉色螢幕前，孵出一絲睡意。

解嚴前後的八〇年代，色情電影院曾風行一時，首輪戲院先是淪為二輪戲院，如果還維持不下去，最後一步就是播色情片。八〇年代錄影帶出租店、MTV盛行，影響戲院票房，首輪電影院大量倒閉的年代，色情電影院激增，隨著即將解嚴的社會一起衝撞禁忌，當時有些人進戲院的理由是：看到色情片便贏過國民黨的管制。

蕭老闆在臺北圓環附近經營播放色情片的白宮戲院，藏身在販賣郵票、錢幣、紙鈔的商場深處，從不掛上電影看板，只在售票處貼上一張寫有片名紅紙，低調攬客。白宮戲院占地不小，共有三百個座位，在八〇年代的全盛時期經常一位難求。

白宮上映的色情片，仍要經過新聞局的電檢通過才能上映。上有政策，下有對策，片商將無法通過電檢的鏡頭先剪下，先讓影片通過電檢，正式上映時，戲院放映師把這些法網外的鏡頭接回去，是為「插片」。在郊區的二輪電影院，義大利豔星愛雲·芬芝（Edwige Fenech）常以「插片」形式閃現，那是毫無劇情可言的愛雲·芬芝出浴更衣集錦，會無來由的出現在史丹利·庫柏力克《二〇〇一：太空漫遊》這樣的藝術片裡。愛雲·芬芝主演的義大利桃色喜劇，只是在劇中添加出浴、更衣的暴露鏡頭，並非真槍實彈的硬蕊成人片，但只要是由愛雲·芬芝領銜主演，就是戒嚴年代的票房保證。

在戒嚴時代和查緝人員鬥法，是蕭老闆經營戲院的日常。為了躲過查緝，戲院外要安插多個眼線，第一關是在門口站崗的戲院經理，要認得轄區內派出所每位警察，警察來的時候都是穿便衣，所以不能只看制服，要認得每一張臉，然而防不勝防，蕭老闆說：「有時候警察為了業績會越區辦案。」第二關是撕票處的監票人員，負責的是新聞局、處，同樣也要記得每個人的樣子。如何能認出公家單位每一位職員？蕭老闆說：「就是笨功夫，直接到警察局、新聞局去晃晃，記住人臉。」最後一關，白宮的放映間不在戲院內，而在戲院後方的隔壁房間，諸多眼線一發現不對，從外面按鈴，裡頭馬上切斷影片亮燈，拷貝趕緊從隔壁送出去。多年以後，蕭老闆還經常作戲院被查緝的惡夢。

體制化外之地，對當時仍藏在深櫃，帶著汙名的同志族群，成了藏身之所。八〇年代還沒有同志或者同性戀等中性名稱，盡是「人妖」、「變態」以及「腳仔仙」等貶抑字眼。經濟起飛，情色大行其道的年代，卻只有異性戀男人擁有許多娛樂發洩之所。同志在新公園容易被警察臨檢，可以《檢肅流氓條例》逮捕。在中華商場等公廁必須忍受臭烘烘的氣味。情色電影院黑暗的空間以及本來就帶著性意味的氛圍，讓同志可以在裡頭尋覓彼此。

一九八四年底臺灣發現第一個愛滋感染者，媒體瘋狂大肆報導，即使對疾病帶著恐懼，戲院內的包容度仍然比外頭的世界寬廣許多。鰥寡孤獨廢疾者皆有所「癢」，蕭老闆記得一群身障人士，三十幾個人騎著三輪摩托車，從外縣市來看情色片，浩浩蕩蕩，非常壯觀。

✧

蕭老闆每個禮拜都會去看試片，對於選片自有一套心法，令他印象最深刻的是一部韓國異色片，片名忘了，事隔多年還記得劇情：女主角的老公不能人道，有工人來家裡，女主角慾火難耐，最後沒有偷成，整部片營造那種煎熬的情境搔得人心癢，蕭老闆說：「愈露愈多，反而後來觀眾都麻痺了。偷不成才是最好看的！」

一九八八年電影分級制修改為三級，在限制級的影片裡，電檢開放女性可以露兩點，不再像以前需噴霧或剪去。那一年臺北的戲院上映由米基．洛克、金．貝辛格主演的《愛你九週半》，一九八六年在臺灣就曾上映剪去露兩點的刪節版，解嚴後的一九八八年順勢重映，把兩點還回去。

一九八八年我和姊姊籌謀已久，要闖關去戲院看這部限制級。我未滿十五歲，姊姊未滿十八歲，我們分頭去買票，姊姊失敗，我卻成功了。明明稚氣未脫的模樣，不知怎麼瞞過售票人員賣票給我，也許胸有成竹的篤定樣貌，幫我添壽幾歲。獨自進戲院看《愛你九週半》，讓我跳過姊姊，先完成轉大人的儀式。這部情色片最能體現「偷不成才是最好看」的精髓，點到即止的性愛場面，冰塊挑逗、蒙眼餵食、蜂蜜淋身、白襯衫下若隱若現的曲線……，幾乎每一幕鏡頭，都成了日後情色電影的教科書。米基．洛克將頭髮往後梳露出高額頭，似笑非笑的慧黠神情，被喻為「八〇年代情慾之臉」。他尾隨她逛跳蚤市場，暗中記下她拿起又放下的絲巾。他將她蒙上眼睛，餵她吃草莓葡萄，一顆一顆挑逗她的豐唇，下一刻他卻像個小男孩，戲謔地餵她吃青椒與咳嗽藥水。他帶她去家具店假裝要買床，在床上試躺，親暱狎玩，戲弄面紅耳赤的女店員。他讓她獨自坐上小型摩天輪，升到頂點時讓懼高的她留在上面，任其尖叫哀求也不放她下來。他為她買剪裁合身的亞曼尼男裝，幫金髮碧眼的她黏上假鬍子，帶她去華爾街男性菁英常去的會所，眾目睽睽下深吻男裝打扮的她。他慫恿她偷走一條金項鍊，儘管以他的財力可以買十條給她。他送她手表，對她說當妳戴著手表，要想著我時時刻刻在撫摸妳。

米基．洛克令我心蕩神迷，一九九〇年他又有一部更大膽的情色片《野蘭花》上映，和片中女主角假戲真做，從戲裡到戲外，兩人之後結婚，好萊塢紙醉金迷的生活讓妻子沉淪毒海，米基．洛克離開影壇，去當職業拳擊手賺獎金，鼻梁斷裂，顏面骨折，舌頭撕裂，經過數次整形重建手術，「八〇年代情慾之臉」支離破碎，一度潦倒度日需要朋友救濟。

《愛你九週半》其中有一幕，女人與男人第一次交談，是在一個跳蚤市場，女人看中一個玩具，正在與攤主討價還價，男人湊上來神祕地笑，女人為自己看上這個古怪的玩具感到難為情，那是一個轉動發條，就會邊走邊下蛋的母雞，在男人眼裡這帶著性暗示。同樣在八〇年代，我在太陽系ＭＴＶ看的另一部情慾電影也有下蛋情節，大島渚《感官世界》（一九七六）改編自一九三六年的阿部定閹割男根事件。旅館女僕和男主人好上，男人拋妻棄子，和女僕搬到外面沉湎性愛，荒淫度日。兩人足不出戶，把酒菜都叫進來吃。有一幕男人把菜塞進女人陰部，再取出來吃。接著塞進鳥蛋，要女人學母雞蹲著「下蛋」，排出來的蛋自然又被男人一顆顆吃掉。

《感官世界》和《愛你九週半》這兩部電影時常被我拿來「驕其同儕」，說嘴好久。同學按捺不住好奇，被我帶往太陽系，見識感官的世界。我們仨下課後猶然一身白衣黑裙，當天片子不知怎麼一直跳針，請服務生進來修，影片正好卡在女人下蛋鏡頭，一遍兩遍三遍，女人蹲著蛋掉下來被吃掉蹲著蛋掉下來被吃掉。三個少女刷紅臉忍著笑，趁服務生不注意趕快把校名遮起來，那一刻我們暫時忘卻，前幾個月在金華街，深夜被計程車司機拋下來的重量。

參考資料

- 房慧真，〈鰥寡孤獨廢疾者，皆有所「癢」——專訪白宮戲院老闆蕭瑞隆〉，《Fa電影欣賞》第一八六期，二〇二一年五月。

罌粟記憶・平行世界

一九八九年六月四日

我活得愈久，我的憂傷與憤慨就愈深。

——詹益樺

請賜我以力量　媽媽
請那輕浮般的戒嚴令
像細土般的滑落我年輕的肩膀

——天安門廣場詩作〈今夜戒嚴〉（節錄）

我們交換黑暗的詞，
我們互愛如罌粟和記憶，
我們睡去像酒在貝殼裡，
像海，在月亮的血的光線中。

——保羅．策蘭〈花冠〉（節錄），王家新譯家中第一臺Walkman是姊姊以學英語的名義，央求父親買給她，從中華商場買回來，一臺磚紅色的愛華AIWA隨身聽，價格昂貴的新玩具，姊姊將耳機分我一邊，我們並沒有乖乖去聽爸媽交代的空中英語教室，頻道恆常轉到FM100的ICRT。週一到五晚上有聲音低沉帶磁性，妙語如珠的Ron Stuart，Ron的深夜節目開放call-in，經常有聽眾call-in進去為朋友點歌慶生，Ron會先清唱一段Happy Birthday，加長音、飆高音，特效不斷，很能逗樂觀眾。每星期日下午，我們必定會聽Casey Kasem的American TOP 40，播放美國告示牌排行榜的歌曲，節目長達四小時。聽到喜歡的歌曲，我們會先用空白帶錄下來，存好零用錢，到公館宇宙城唱片行尋寶。宇宙城在汀洲路金石堂廣場二樓，地下一樓是臺灣第一間金石堂書店，斜對面是臺大學生常去的東南亞戲院，我們在這裡逛書店、看電影、買音樂卡帶，金三角不大，是環繞青春的銀河系。

一九七九年七月一日，日本SONY公司推出全球第一臺隨身聽，Walkman TPS-L2，亮麗的鈷藍色機身，是為了和年輕人常穿的牛仔褲搭配。SONY將客群鎖定為青春族群，剛上市時聘請時髦的年輕人，在腰間別著小小的金屬方盒，在銀座街頭

WALK，成了不折不扣的Walkman，踩著貓步，邊走邊聽，音樂不離身。

八〇年代是Walkman的全盛時期，SONY機型改良進化，在八〇年代中期推出WM-101，首次使用充電電池，讓機身重量減輕至兩百克，輕薄短小可塞進上衣口袋。新款一出，姊姊央求父親買新機型給她，舊款的愛華落入我手，我終於擁有自己獨享的Walkman。我買的第一張卡帶是菲爾·柯林斯主演的《火車大盜》原聲帶，在南昌街一間不起眼的小唱片行，旁邊都是機車修理店，這間小店陰陰暗暗，仍孵得出時代金曲，菲爾·柯林斯演唱的〈Two Hearts〉、〈A Groovy Kind of Love〉被我反覆倒帶聽了又聽，直到磁粉脫落。

幾乎不離身的機器與其說是Walkman，不如說是Running Man，沿著耳機的兩條線，自此成了我的逃逸路線，盒子裡讓我出神的電子合成器節拍，一拍一拍與我的心跳吻合。平常聽八〇年代甜膩好入口的泡泡糖舞曲，被老師刁難時，瑞克搖的勵志神曲〈Never Gonna Give You Up〉遠遠不夠，需要威豹（Dep Leppard）、毒藥（Poison）、克魯小丑（Motley Crue）等重金屬Heavy Metal來解救。暴怒之時，我會聽更重口味的鞭擊金屬樂團Metallica，樂團成員流行留覆頭蓋臉的長捲髮，狂刷電吉他時會將長髮不停前後甩動。國中生耳上三公分的禁令未解，我沒有長髮，也忍不住前後甩動，把我帶入一種恍惚的境地。我從來都不細究歌詞究竟在唱什麼，只是將所有的怒氣灌注在小紅盒裡，它的體積有限，容量無窮，吸納我所有的負能量。直到有一天開始流行CD，紅盒子成了冗員，埋進抽屜深處。

一九八八年夏天，和Kylie Minoque合唱〈Especially for You〉的Jason Donovan來臺灣開演唱會，我們都為這個金髮碧眼的澳洲男孩瘋狂。演唱會晚上七點開始，為了搶到好位置，我們中午就到中華體育館排隊，擠在最前面被人海裹挾，隨著波浪腳不沾地左歪右倒。洗出來的照片模糊不清，好似作了一場虛妄的夢。

同一個場地到了年底，地下融資公司鴻源集團在此舉辦四週年晚會，放煙火時燒掉屋頂。距離一九九〇年爆發「鴻源案」還有兩年，以軍公教為主的十六萬人血本無歸，吸金近千億如煙花瞬間爆破消散。

鴻源晚會燒掉臺北少數能舉辦大型演唱會的場地，至此之後，有一些演唱會轉到中泰賓館可容納上千人的KISS DISCO舉行，KISS DISCO開幕於一九八六年七月，當時還有「舞禁」，也還沒解嚴，KISS是依據《觀光旅館業管理規則》在飯店內設立。

舞禁由來已久，一九四八年頒布，禁止社交跳舞並關閉上海各舞廳。一九四九年國民政府遷臺後，五〇年代因為接受美援，來了許多美方專業人員，不能不讓他們跳舞，一九五七年再頒布《戡亂時期臺灣省限制舞場辦法》，容許專為外國人所設的特許舞廳，如國際聯誼社、中國之友社、圓山大飯店金龍廳。舞廳大門為外賓以及有關係的高官子弟所開，一般人只能偷偷摸摸在自家或冰果室開小型地下舞會。一九七七年，熱舞電影《週末夜狂熱》讓迪斯可紅遍全世界，世界潮流在紅什麼，中華民國就禁什麼，教育局宣布舞蹈補習班不能教授迪斯可，否則可將其視為地下舞廳懲處。迪斯可和撞球被視為有害身心的不良活動，被抓到就會被帶到警察局寫悔過書，再叫家長來領回。

進入八〇年代，地下舞廳激增。一九八三年《聯合月刊》統計，臺北市地下舞廳共有近百家，這其中還不包括一九八三年剛剛開幕的黛安娜，由華國大飯店夜總會的前DJ經營。黛安娜早上十點開門一直營業到凌晨五點，傍晚五點以前的時段收費較便宜，吸引學生族群，成了八〇年代最知名的地下舞廳。政府用加強課稅以及徵收高額年費的方式來遏止合法舞廳的開設，一九八五年，臺北市舞廳的許可年費是七百五十萬元，沒有多少人能負擔得起，紛紛轉往地下，愈禁愈熱，地下舞廳不必繳稅又利潤豐厚，遊走在灰色地帶，必須上繳許多規費。黨外雜誌《深根週刊》一九八六年報導，一間地下舞廳每個月要給警察主管單位四十萬、轄區派出所二十五萬、少年組以及刑警大隊十五萬。臺北市中山二派出所每個月從轄區地下舞廳收到的紅包高達五百萬。警察成了門神，有一些地下舞廳就直接開在警局對面。

解嚴後的一九八七年八月二十七日，政府宣布正式放寬舞廳、夜總會的管理法規。解嚴前就設立的KISS DISCO成了臺北第一家合法舞廳。泰國華僑林國長一九五四年來臺創立僑泰興麵粉廠因而致富，一九六二年興建中泰賓館，一九八六年開張的KISS DISCO，燈光音響砸下六千萬元，室溫維持在十八至二十度，新鮮空氣對流，不再有以往地下舞廳燈光昏暗、空氣不流通的狀況。高速節拍跳動燈柱、多種色彩造煙變化，以及取材自《星際大戰》的可升降飛碟，幽浮從天而降，火辣女郎撒下糖果與折價券，成了臺北舞棍口耳相傳的最大噱頭。

一九八九年初夏，追星之路來到瘋魔的頂點，美國歌手湯米・佩吉來臺灣舉辦演場會，他的抒情歌曲〈A Shoulder To Cry On〉登上告示牌第一名。我和姊姊擬定作戰計畫，從去接機開始，在桃園機場一邊尖叫一邊東張西望，怕碰到在機場工作的父親。演唱會在KISS DISCO舉行，門票三百五十元不貴，是青少年能負擔的價錢，對我們不是難題。難題是KISS的營業時間，週末夜狂熱，演唱會晚上十點才開始，一直到午夜之後才結束，要讓父母放行我們出門，一個國中生與一個高中生凌晨兩、三點還在外遊蕩，根本是不可能的任務。隨著演唱會時間逼近，我傷透腦筋，不知如何突破最困難的關卡。

直到廣場開始鎮壓清場，我們的難題迎刃而解。

✧

一九八九年四月十七日，天安門廣場上約兩萬名學生在人民英雄紀念碑下聚集，悼念前中共總書記胡耀邦猝逝。胡耀邦在八〇年代推動中國現代化改革，是黨內的開明派。悼念胡耀邦之死是六月廣場風暴的起點，學生藉著悼念重申追求民主。這一天在臺灣，行政院通過即日起開放臺灣地區民眾赴大陸採訪、拍片、製作節目。記者登陸採訪，一個多月之後，《中國時報》記者徐宗懋在天安門廣場中彈昏迷，倒在血泊中，被一個從外地來北京聲援的農民工所救。

四月十九日，聚集在天安門廣場的群眾已超過十萬人，四月二十一日，突破二十萬。這期間，臺幣強勁不斷升值，臺灣股市單日成交量首度突破新臺幣一千億。

四月二十三日，北大決定開始罷課，北京各大學組成的學生團體在北大體育場開會，萬人到場，討論接下來學生運動的策略。這一天，臺北千人上街反核大遊行，前一年（一九八八）春天，達悟人發出怒吼，吟唱古調驅逐惡靈，要把偽裝成魚罐頭工廠的核廢料貯存場趕出蘭嶼。遊行的人群裡包括基層民眾詹益樺。

四月二十六日，《人民日報》社論將四月中以來的學生集會定調為暴動，是鎮壓行動的前兆。四月二十七日，北京多所高校超過十萬名學生串聯走上街頭，來到天安門廣場，高喊要求民主化、嚴懲貪汙、新聞自由。

五月四日，五四運動七十週年，超過十五萬名大學生，以及三百多位新聞從業人員上街遊行。有人向遊行隊伍拋麵包食物，並掏出腰包的錢給學生，鷹架上的工人停止幹活，高聲歡呼。曾經幫忙許信良選戰的黨外人士張富忠，回顧中壢事件（一九七七）說：「宣傳車在街上，民眾蜂擁過來，丟錢丟水果，很瘋狂。」

五月六日，《紐約時報》指出臺灣經濟起飛日益繁榮是造成北京學運擴大的因素之一。同一天，南方澳南天宮組織十幾艘船隊，護送五尊湄洲媽祖神像，浩浩蕩蕩開往湄洲媽祖廟歸寧，首次突破直航的禁令。

五月十三日，一千名學生在廣場絕食，周邊有上萬名群眾圍觀。同時間戈巴契夫訪問北京，參加中蘇高峰會談，學生說要用民主抗議當成戈巴契夫的見面禮。半個多月後，廣場上坦克輾過，鮮血塗地。二年多過後，莫斯科街頭坦克熄火，炮口被插上玫瑰花，軍人放下武器。戈巴契夫辭職，蘇聯解體。

五月十六日，學生絕食靜坐進入第四天，來自各地的群眾或搭火車或騎單車，或者乾脆步行，齊赴現場支持絕食的學生，廣場聚集超過四十萬人。這一天在臺灣，鎮暴警察強力鎮壓遠東化纖經過投票的合法罷工，前往報導的記者也被警察追打。

五月十九日，李鵬發表強硬講話，五月二十日，北京戒嚴。五十輛卡車，載有兩千名軍人的車隊進入北京，遭到上千名群眾圍堵。戒嚴令發布後，禁止中外記者繼續採訪報導，國際酒店內對香港的長途電話無法接通，國際通訊社的衛星線路也被阻斷。五月十九日在臺灣，四月初於《自由時代》雜誌社自焚的鄭南榕，在這一天出殯，隊伍由士林廢河道出發，途經總統府時，基層民眾詹益樺的背包裡裝滿汽油，點燃手上的打火機，倒在鐵絲拒馬上，整整燒了十五分鐘，才被救護車載走。

五月二十一日，中共發出最後通牒，限定示威學生於隔日凌晨五點前撤離，否則將全力鎮壓，人群中開始發口罩及溼巾好防範催淚瓦斯。這一天在還有八年即將回歸的香港，百萬人上街遊行聲援天安門。

五月二十三日，學生組織分成兩派，一派主張撤離，另一派主張繼續留下。

五月二十六日凌晨，廣場上舉辦大型演唱會，侯德健演唱〈龍的傳人〉，將氣氛帶到最高潮。五月二十七日，臺灣藝文音樂界合力製作歌曲〈歷史的傷口〉，獻給天安門學生。五月三十一日，臺灣學生用手牽手的方式，由北到南連成一線，聲援中國學運。

六月二日，侯德建、北師大講師劉曉波等文化界人士，發起一連三天的絕食活動，三千人登記參加絕食。南京有五百多名大學生，用徒步和騎單車的方式前往北京聲援。

六月三日，星期六，風和日麗。

凌晨一點，駐紮在北京郊外的上萬名戒嚴部隊開始進京，往天安門廣場移動。

早晨七點，學生拿著手提麥克風到處宣告：李鵬要鎮壓我們！

晚間八點，北京廣播公司呼籲所有市民不要上街。

晚間九點，一架軍用直升機在市中心上空盤旋。天安門周圍的各十字路口，均有數千名學生聚集鎮守。

晚上九點半，我和姊姊抵達敦化北路的中泰賓館，排隊等待進入KISS DISCO，美國流行歌手湯米·佩吉演唱會即將開始。

六月四日，星期天，凌晨時分，西長安街近南池子口突然冒出一輛裝甲車，高速往建國門內大街衝去。軍隊進城，在五棵松、九宮門、頤和園用衝鋒槍大開殺戒。

凌晨兩點，演唱會結束，我和姊姊離開KISS DISCO，要找地方過夜。我們搭計程車到中正紀念堂，從六月三日晚間開始，北京和臺北的廣場電話連線，中正紀念堂廣場聚集上萬人徹夜不眠守候。這場跨夜的聲援活動，正是我們說服父母放我們出門的冠冕堂皇理由。

凌晨四點，廣場氣氛仍然沸騰，不時有人上臺聲嘶力竭控訴血腥鎮壓。我不是不愛國，但剛剛才從演場會人擠人的舞池離開，已累到快虛脫，我在中正紀念堂找了一塊草坪就要和衣睡下，這時我聽到我的國中同學小南上臺，報上她的姓名學校，鏗鏘有力地發言。

矇矓睡去之際，我為我的醉生夢死感到十分慚愧。

✧

很長一段時間裡，我不知道誰是鄭南榕或詹益樺，一九八九年隔年，一九九〇年的三月野百合學運，在我曾經睡過一晚的廣場上發生的事，在老三臺媒體訊息管控下，我同樣不知不覺。

我不知道一九八七年七月十五日解嚴後，到一九九一年五月二十二日廢除《懲治叛亂條例》之前，介於解嚴與完全解嚴之間的「灰色地帶」是怎麼回事？《懲治叛亂條例》這一條白色恐怖時期最常用來判處政治犯死刑的罪名，刑度極重，可判處死刑之罪名共計三十種，包含七種絕對死刑（指法定刑度僅列死刑，未列其他較輕刑度）。除此之外的惡法還有《動員戡亂時期臨時條款》（一九九一年五月一日廢止）、《戡亂時期檢肅匪諜條例》（一九九一年六月三日廢止）。

解嚴一個月後，一九八七年八月三十日，「臺灣政治受難者聯誼總會」在國賓大飯店成立，由蔡有全主持，許曹德提案將「臺灣獨立」列入組織章程。當日晚上，剛成立的組織在我就讀的金華女中操場舉辦演講會，蔡有全上臺公開主張臺灣獨立，隨即被當局起訴，以叛亂罪當庭收押。一九八八年一月，蔡有全、許曹德以「意圖竊據國土罪」分別被判刑十一年、十年。這是蔡有全第二次坐牢，一九八〇年初他因美麗島事件被捕入獄。

為了聲援蔡有全、許曹德，一九八八年十二月，《自由時代》雜誌刊登「臺灣共和國憲法草案」，總編鄭南榕以叛亂罪被起訴。一九八九年初，鄭南榕收到高檢署起訴涉嫌叛亂罪的法院傳票，一月二十七日鄭南榕宣布自囚。四月七日警方以武力攻堅，鄭南榕點燃汽油自焚。

蔡有全和鄭南榕，對於基層社運工作者詹益樺的影響非常大。二〇一三年四月七日，在鄭南榕忌日這天，我經過一間萬華檳榔攤，玻璃窗掛上反核旗幟，旗子下有兩張照片，一張鄭南榕的畫像，一張鄭南榕出殯時的照片。見我駐足，檳榔攤頭家走出來，他說每年忌日就會把這兩張相擺出來，僅此一天，持續了好多年。

他不是要跟我講Nylon的故事，他要講的是他的好兄弟詹益樺，抬棺相片最前面的那個人，嘉義竹崎人，民進黨基層黨工，朋友都叫他「阿樺」。這張照片留下了他最後的身影，出殯當天，三十二歲的阿樺帶著預藏的汽油在總統府前點火自焚。

阿樺第一次上街頭是在一九八六年，參加包圍臺電的反核遊行，舉著「我們反對核子廠」的海報。除了反核，阿樺也參與農運、工運、原運，南北奔走，深入基層，足跡遍及全臺灣。蔡有全二進宮在獄中，阿樺寫信給他：「我現拿鋤頭時、挑擔時，常思考這些問題，臺灣社會上弱者在哪裡，他們被變成弱者是什麼原因，是什麼人造成，是什麼事情演變，現我不敢有什麼結論，我自訂一個方向，跌倒成為弱者的人，我站立那個地方扶啟（起）他。」

綠色小組在街頭是阿樺的好夥伴，麻子王智章說：「阿樺有時也拿一部不知誰給他的攝影機，但遇到狀況，阿樺一定是把攝影機丟著，衝到最前面，不管紀錄的事了。」

一九八八年五二〇農運，阿樺是拆下立法院招牌的那個人，拆招牌的畫面流傳得滿天飛，阿樺搭夜行巴士南下跑路。臨行前，麻子給阿樺幾件衣服，他回憶：「那個時候大家都窮，沒什麼錢，知道他要跑路，也只能給他衣服而已。」隔一年一九八九年四月七日，綠色小組第一時間到鄭南榕自焚現場拍攝，採訪遺孀葉菊蘭。人力不足，綠色小組請阿樺幫忙掌鏡，採訪到一半，阿樺突然說要暫停，他嚎啕大哭，沒辦法心平氣和完成拍攝工作。五月十九日出殯，綠色小組全員出動在場記錄。麻子說，感覺那天阿樺像是在躲著大家。

綠色小組剪出紀念詹益樺的帶子《生死為臺灣》，記錄阿樺在人群裡拿著攝影機、幫忙開戰車，以及將立法院牌子拆下用木棍擊打的畫面。阿樺生前最後留下來的一個畫面，是出殯那天他揹著一個黑色的後背包，儘管隔著一段距離拍到他，都可以看到背包顯得鼓脹，裡面裝滿不知什麼東西，點燃後阿樺的背部被燒得最嚴重。旁邊的人先是用竹竿、衣服撲打，再來用厚重的棉被都無法滅火，直到警察鎮暴水車的強力水柱沖來，過了幾分鐘火才撲滅。

一九八七年解嚴後的很長一段時間裡，我不知道鄭南榕，更何況是詹益樺。二〇一八年五月十九日在嘉義竹崎公園的詹益樺殉道紀念會，每年都會有朋友來此悼念，結束後人很快散去，只有阿貴留下收拾桌椅、打掃善後。阿貴也是嘉義人，從前和阿樺都是街頭「衝組」，阿貴說，一九八八年五二〇運動他們在臺北並肩作戰，到了年底，他們一起回到家鄉嘉義，破壞市中心的吳鳳銅像。阿貴說：「阿樺的個性很靜，話不多。」在平靜無波的水面下，身為好朋友好戰友的綠色小組或者阿貴，完全無法察覺他赴死的決心。

吳鳳犧牲自己的生命感動生番，讓番人革除獵頭惡習，我所接受的是這樣的教育內容。一九八九年的我不知道鄭南榕，更何況是詹益樺，也不知道歷史上從來沒有吳鳳這個人，他其實是統治者虛構出來的人物。

參考資料

- 房慧真，〈中壢事件四十週年——許信良：群眾火燒警局時，我在三溫暖睡覺〉，《報導者》，二〇一七年十一月十七日，https://www.twreporter.org/a/zhongli-incident-40-years。
- 中國時報報系記者群，《北京學運五十日》（臺北市：時報出版，一九八九）。
- 倪重華策劃，《捌零．潮臺北》（臺北市：大塊文化，二〇二一）。
- 綠色小組，《生死為臺灣》影像紀錄（一九八九）。

墮落街與同居巷

九〇年代

性愛，喝酒，外宿，這些壞事，早做早脫敏，一旦解除了禁止，立刻就發現這些事原來那麼無聊。性就是遠離父母的契機，是對父母保守的第一個祕密，因為性其實就是成熟的象徵。

——上野千鶴子《快樂上等》

1

將姊姊的行李搬上計程車，從市中心往淡水駛去，這是姊姊考上大學後第一次象徵性地離家外宿。姊姊挑了我作陪，她和大人早已弄僵，重考那年時常上演這樣的戲碼：母親跟蹤姊姊出門，發覺她沒有趕上重考班的早自習，而是轉身進了隔壁的麥當勞，悠悠哉哉、慢條斯理地吃完薯條漢堡，被母親逮個正著，嘶吼與哭泣的對峙持續一整年。一年後的驗收，填大學志願，姊姊將離家遠的都填在前面，最終落在她毫無興趣的淡江大學化學系。往淡水的捷運還要數年後才會通車，剛好足夠姊姊大學四年外宿的藉口。

車往淡水，到了石牌的大同公司前，接著要畫個半圓左轉，直切關渡平原的腹地，一條又長又直毋須停下的大度路。此時剛進入九〇年代，對一九八六到一九八八年，跨越解嚴前後的「大度路飆車」的記憶猶新。連接臺北與關渡、淡水的大度路，原本只是條鄉間小路，在一九八四年拓寬工程完成，全長近四公里沒有一盞紅綠燈來攔路。從一九八六年夏天開始，每週六晚上吸引飆車族在此炫技競速，賭注從五百到三千元不等，全盛時期吸引上千人旁觀，烤香腸魷魚的流動攤販隨之而來，比夜市還熱鬧。解嚴後躁動的社會氛圍，在此顯現為拔掉滅音器的排氣管咆哮聲，轟轟轟向前衝，油門催盡，天堂已近，飆仔把上半身壓低，將頭埋進把手之下，往前衝刺是謂盲騎，宛如他的生命是一步盲棋，一顆被吞沒在道路盡頭的流星，是八〇年代末尾的詹姆士．狄恩。《養子不教誰之過》（一九五五），戒嚴時代的電影譯名充滿訓誡，大人的口氣裡充滿鄙夷，爸媽不可能帶我到現場「看熱鬧」，滿十八歲也不會讓我去學騎機車。為了遏止飆車歪風，九〇年代的大度路分流汽機車快慢車道，機車道委屈地縮成羊腸一條，Where have all the flowers gone？飆仔不知都往哪裡去了？

載著一車的家私行李，進入大度路，兩旁瞬間隱入一片黑暗，白天那是關渡平原結穗的稻田。我將車窗搖下，夜露夾雜青草味以及淡淡的稻香，彷彿可以將「臺北」迅速甩在腦後，包括臺北的那些過往：明星國中、升學好班、課後補習、藤條體罰、威權師長、陰鷙的父親與暴躁的母親……前面明明是一片鄉村地界的昏暗，後面才是城市萬家燈火的輝煌，為什麼我和姊姊都覺得背向輝煌才能迎向未來，首先是在大度路拉下車窗，嗅聞一口自由的空氣，父母再不能隨時隨地開門闖進我們的房間，姊姊先我一步，有了自己的房間。

2

姊姊在淡水山上的第一個房間，在黃帝神宮廟宇附近，此處房租廉宜，四周未開發，被一片長得比人還高的草叢包圍其中，出入須仰賴機車，否則就需要走一條泥土碎石路，不時會看到被機車壓扁的雨傘節橫屍路中。

姊姊移居淡水的第一年，當時還在讀高中的我常去投奔她，彷彿為將來的大學生活預演。從北門搭上往淡水的長途公車，一路慢慢搖晃，到了大度路剛好走完一半的路程，已經過去一個小時，我不以為苦。大度路像是一條陰陽魔界，分隔自由與禁制、解嚴與戒嚴的兩岸。從進入大度路我的嘴角就一路上揚，關渡、竹圍、紅樹林，到了淡水終站還要再爬克難坡上山，上山後沿著水源路往後山去，撥開密密圍住的草叢，才是姊姊的租屋處。租屋位於斜坡下方，長年不見天日，唯一好處是可使用的空間非常大，姊姊把家裡一大疊《影響》電影雜誌都搬來，貼上艾爾・帕西諾深鎖眉頭的《教父》電影海報，姊姊還分期付款買了一套音響，重低音喇叭、擴大器、糾纏如蛇的紅藍管線盤據在潮溼房間的深處。姊姊買來很多芬芳除溼劑，點上一盞落地燈，可以讓人暫時忘卻防空洞一般的陰暗。那一年（一九九三）張學友推出賣破百萬張的《吻別》大碟，時間以此紀年分界，姊姊上大學後，憤怒少了很多，把高中時常聽的重金屬敲打鞭擊，槍與玫瑰都卸下，張學友、林憶蓮、王靖雯、關淑怡……九〇年代華語流行樂的黃金年代，正適合拋家在外隨波擱淺的歲月靜好。

歲月靜好，在一片毒蛇常出沒的草澤莽地間，便利商店遠在外邊的大街上，此處只有一間家庭式經營的小雜貨店。雜貨店老闆正是姊姊的房東，看到我不時來「投奔」姊姊，問我也是淡大的學生嗎，我沒有否認，也許到了明年我也來跟他租房子。

出外覓食不易，我和姊姊「奢華」的晚餐，就是雜貨店裡一款最貴的滿漢全席泡麵，再配上茄汁鯖魚罐頭。從小母親為了我們的教育，孟母三遷搬到城南臺、師大一帶，我和姊姊都沒想到，我們最終實現的大學生活，是捨近求遠，來到邊陲的邊陲。在多雨的淡水，房間潮溼常生黴菌，除不盡的野草，有時還會長出蘑菇，彷彿小時候在《格林童話》讀到的黑森林深處。我們聽著張學友的港腔國語歌，在艾爾．帕西諾的注視下，三分鐘到揭開碗蓋，熱水膨脹乾燥蔬菜，調理包肉塊燜熟，剝開一顆皮蛋丟進碗裡浮沉，我們像是沒了父母相互依偎的小姊妹，覺得從未經歷這樣的幸福。

3

隔一年，我把淡江大學的科系通通填在前面，加入姊姊的離家部隊。兩個人租屋的預算充裕，我們搬離潮溼的黃帝神宮，移居到離學校更近的大學城，生活機能齊全便利，除了便利商店還有也是二十四小時營業，專賣散裝秤重零食的「小豆苗」。五顏六色的軟糖、各種口味的豆干應有盡有，隨機拼裝的零食彷彿我們恣意散漫的大學生活，課愛上不上，一時興起就相揪去「海中天」打保齡球，或者更晚一點，騎車往北海岸夜訪十八王公廟，只為看那忠犬的雕像（清同治年間，一艘船發生海難，其中有十七個人加一隻狗，只有狗倖存下來），以及不管餓不餓都提回一串十八王公肉粽。十八王公是陰廟，愈夜香火愈鼎盛，凌晨兩、三點，除了起鬨夜遊的大學生，還有打扮豔麗，絲襪短裙的風塵女子，形單影隻孤身前來，對著神明唸唸有詞，神情裡帶著一絲淒楚。

大學生通宵達旦夜唱野遊，沒多久我和姊姊都交了男友。W是姊姊的化學系同學，當完兵才來讀大學，年紀比我大五歲，顯得少年老成。冬天他習慣穿一件皮料材質的飛行夾克，很能抵擋淡水的全國最低溫寒流。當我坐在他的機車後座，雙手環抱，嗅聞著濃濃的皮革味，是一種屬於大人的味道。W是我的第一個男友，大一上學期他追求我，下學期我們就在一起。在情感萌發之前，更多的是工具性的依賴。沒有W，我在淡水的大學生活會截然不同，或者說沒了W的機車，我就像沒有腳一樣，離家在外寸步難行。

一九九〇年光陽機車推出一支廣告，一對男女朋友在餐廳一言不合，女生往男生身上潑水，拂袖而去，男生騎機車追趕心上人，背景音樂響起〈誰說我不在乎〉。原本沒沒無名的郭富城，從此聲名大噪，日後出唱片，晉身四大天王，一擲千金收藏名貴跑車，起點是臺灣的機車廣告。九〇年代，男生只要考上大學，一定央求爸媽買一臺機車，不是人人都可以梳中分頭成為帥氣的郭富城，然而沒有機車，大學四年的聯誼活動就注定缺席。一九八六年的大度路飆速，有許多新款機車登場，包括名流一〇〇，機車前是一整片的斜板設計，被人譏諷為「飛行棺材」。飆仔熱愛的車型在九〇年代進了校園從良，名流一〇〇外型帥氣，坐起來穩重如鐘，成了大學生聯誼把妹的最佳坐騎。出遊前女生先抽機車鑰匙，如果抽中名流就眉開眼笑，如果抽中迪歐（Dio）——另一款同樣流行於九〇年代的50cc小綿羊機車，女生的臉都要綠了，坐一坐就要滑落，凡遇顛簸坑洞只能將前座的腰抱得更緊，這未嘗不是男孩子的心機所在。

W穿著皮衣牛仔褲，騎乘一臺名流一五〇出現在我面前，腰間繫著當時流行的BB Call，鎖鏈扣住褲頭，和我班上的那些小大一男生比起來，W有股初歷滄桑的熟成感。W把我照顧得很好，騎機車幫我買日常用品，幫我去山下買那間大排長龍的燒臘店，去臺北看末場電影也不怕沒有公車回來。一九九三年奇士勞斯基的《藍色情深》上映，看完夜場，要騎長長一段夜路回淡水，我在後座抱著W的腰，橫渡大度路，我還沉浸在電影情節中。沉落杯中的白色方糖被咖啡漸漸浸染，普瑞斯納的磅礴交響配樂映照茱麗葉·畢諾許所飾演的遺孀心中巨大的悲愴，那是寒冷的冬天，我們單薄的機車像一把利刃逆風切過平原，夜色如鬱藍深海，我們泅泳黑潮歸返。

唯有最前方的車燈聚攏一束鵝黃暖光，我倚著W的背，枕著他的皮衣放心睡去。

在淡水我們同居的小房間內，W為我造了一個洞穴，十八歲時父親每每將我逼出家門，浪跡街頭躑躅時光，終於能在此安放窩藏。

4

上大學就要交男朋友彷彿天經地義，卻是懵懵懂懂。一九九五年五月，臺大女研社號召在臺大女生宿舍集體看A片，新聞鬧得沸沸揚揚，遠在淡水的我卻渾然不覺。同一個月，在金華國中對面的大安森林公園，當年剷除眷村的荒地上，樹苗終於長齊，全國大專女生行動聯盟舉辦持續一週的「情慾拓荒節」，上演「唾棄處女膜」的行動劇。在淡水的山丘上，我和姊姊原本同租，我們各自交了男友之後，便另謀住處。我和W搬到水源路一條俗稱「墮落街」的巷弄，淡大周圍除了「墮落街」還有「同居巷」，進入九〇年代，大學生同居早已稀鬆平常，何來墮落？大概是上一輩看不慣安上的汙名。有許多大學時代認識的男女朋友在畢業後，因為習慣淡水的生活方式與廉價房租，寧願每日淡水—臺北通勤，仍然在此同居租屋。

在墮落街的租屋處，W去萬華舊貨市場買回二手電視和錄放影機，我們租了王家衛的《墮落天使》（一九九五），W看到一半就沉沉睡去，讀夜間部的他明日還要早起打工。「億萬光年之外　最後的轉動／所有的鐘表和砂漏擴張著崩潰的鳴響／但是　不要驚動、不要喚醒我所親愛」（林耀德）在我們的洞穴裡，我把電視聲音調低，環顧四周的家具擺設，櫃子是W組裝的，床墊是W跟同學借汽車搬回來的，喇叭的對位音場是W一次又一次試出來的，一切有條有理，各安其位，日後我們還養了貓，小家庭的雛形具備，我安於兩人世界，學業荒疏得一塌糊塗。我心想，這個可靠的男人和屬於我們的房間，或許就是一輩子。臺北市中心的菁英大學生在吵性高潮性解放情慾自主，我渾然不覺，即使知道又與我何干？我已一腳跨進類婚姻形式的同居生活，除了我一直跨不過去的「那件事」。

才剛交往，W就試圖解開我的胸衣，曾經是束縛的象徵，如今成了我最後一層的保護。男友二十三歲，有性需求很正常，W對我很好，在生活上事事照料，同居生活養尊處優把我養胖幾斤，他說豐腴一點沒什麼不好。可靠穩重，填補「父親」空缺的W，他摸向我胸乳的手卻是猴急毛躁，那使得我對他的親吻也開始排斥，因為親吻的下一個步驟，就是那雙會分擔拖地洗衣的手急於要索取他的酬勞：十八歲少女的胸乳，像兩隻乖馴的潔白乳鴿，他要將牠們釋放出來，飛向自由天空，從此再無禁錮。

我沒有處女情結，只是不知道該怎麼交出自己的第一次。臺北「唾棄處女膜」的行動劇和我是兩個平行世界，在唾棄之前我要先克服對性事的恐懼，恐懼的由來是黨國教育下對性的諱莫如深。

命運的時刻終於來臨，我記得那是一個再尋常不過的平日下午，陽光西曬斜射，二樓租屋處的窗洞與騎樓聲氣相通，我可清楚聽見店家送往迎來的叫賣聲，還有三五學生嘻笑走過。啊！此時我為什麼不在教室裡？我翹掉一堂又一堂的課，那些日常生活細瑣離我這麼近也那麼遠。趁同租一層的樓友都去上課之時，不必擔心隔牆有耳，W和我決定要來試一試，我們之前始終無法成功的「那件事」。

W進入我的身體之前，我無法向姊姊或任何人諮詢，「膜」被穿刺到底會有多痛？為什麼女生之間從來不談論這類事情？明明大家都交了男友出沒在墮落街或同居巷。等一下我該怎麼表現？小心翼翼還是大方一點？要讓身體產生慾望，能真正享受性愛之前的「穿透」為什麼那麼困難？我的身體閉合得像蚌殼，乾涸滴不出水，W一試再試，一試再試，我尖叫驚呼不斷，終於他洩氣地將我的身體翻了過來，在背面利用我臀腿間的縫隙抽動，一陣時間過後我感覺到W的痙攣，降下一股溼黏的熱流，弄髒我一點都沒有關係，這成了我們日後的模式。在淡水四年的外宿日子，我依然需要仰賴W和他的機車，我們各取所需，終於，我大大地鬆了一口氣。

5

在戒嚴的七〇年代，外國影片在臺灣上映採「配額制」，大多數的配額掌握在美商八大公司手裡，少數願意代理歐洲片的獨立片商能拿到的配額少之又少，而引進的理由經常是醉翁之意不在酒，例如柏格曼的《處女之泉》（*The Virgin Spring*）。片商全然不是衝著柏格曼的名號，而是片名有「處女」二字能勾人遐想。《處女之泉》是少數在封閉的戒嚴時期能在院線上映的歐洲藝術片。進入九〇年代，我在淡水的二輪戲院偶然遭遇這部片。

城堡裡備受寵愛的小公主貪睡賴床，耽誤虔誠父親安排的送蠟燭到教堂的行程。溺愛她的母親將她從床上挖起，哄著她換衣服。少女說，她要那件最好看的刺繡上衣，鵝黃色裙子，還要繫上腰封，看起來不像虔誠的信女，而是盛大出遊的華貴公主。少女拿起一條珍珠項鍊，本來要戴上，被母親阻止，這太超過了。接著母親要幫她梳頭，將頭髮紮起才顯莊重，任性的獨生女把頭一甩，披頭散髮跑出去，母親笑著罵著，算了就隨她去吧。母親不知道少女瀑布般的金色長髮將會為她招來禍端。雖然是一九六〇年代的黑白片，大螢幕上仍可感覺那金髮的光澤，以及冬陽照在她潔白如蛋殼的臉龐上，渾身被籠罩的金箔透亮感。

少女獨自騎馬，一頭散髮走入密林，樹枝間篩落的一束陽光，剛好就照耀在她的金髮上。少女沐浴在冬陽下，畫面停格，三個流浪的牧羊人撞見，那絕對的美好與他們腳下穿爛的破鞋形成巨大反差。少女遇見衣著襤褸的牧羊人，並沒有顯出驚嚇或不悅，她的出身讓她不吝於展示她的慷慨友好，分享給窮人本就是她的教養，她把女傭為她準備的奶酪麵包給了出去。分享食物前她唸了禱文，那是學習自她的貴族父親（父親日後在暴風雨中將會庇護收留這三個無家可歸的牧羊人，純粹是一片好心，無意間讓殺女凶手成了甕中之鱉）。

少女分享一塊麵包還不夠，她切開第二塊，一隻醜陋的癩蛤蟆跳出來，那是嫉妒她的黑髮女僕的惡作劇。滿身疙瘩的蛤蟆是圖窮最後伸出的那把匕首，牧羊人再也不需遮掩他們的惡意，日常裡被踐踏在腳下的卑屈人如今也可以反身踐踏人，踐踏那個洋洋得意的嬌嬌女，她剛才無意間炫耀家中田地一望無際，父親騎馬巡視繞好大一圈，無數房產讓母親身上的鑰匙沉重到拿不住，要交給女傭捧著。少女被玷汙前，抱著一隻羔羊，羔羊和少女，都成了被獻祭的象徵。

少女之死，牧羊三孤兒之罪孽，放在人性因階級的巨大差異所產生的貪婪，可以被理解。愛女之死，父之罪是因為信神虔敬，執意要讓女兒孤身上路去送蠟燭。

為了贖罪，殺人前他要先除穢，用樹枝鞭打自己。他到曠野中搖晃一棵樺樹，他明明有砍刀，樹幹也不粗壯，他可以用刀去砍，卻只是用身體的力量劇烈搖晃，那是父親的天問，心懷信仰，為什麼祢會讓這種事發生？那麼我就要逆天行道，血債血償。母之罪是她對少女的愛甚於丈夫（以及更形而上的天父），她對少女的溺愛使她賴床，出發得晚了，在日頭偏斜暮色將至才走入密林。如果不是溺愛，她不會讓少女披頭散髮出門，彰顯她璀璨的美麗。父親報仇後，進入密林抱起女兒，女兒的髮散開流出一道甘美泉水，是謂少女之泉。在這個被凌辱與玷汙的故事裡，父親信神而後又背叛神，最後目睹神蹟的顯靈。

人類學作品《金枝》記載一個原始部落，把來月經的女人關在籠子裡，吊在樹上，懸在半空，上不接天下不著地。女體是不祥的「汙染物」，經血不能碰觸地面，會讓瘟疫橫行、穀物歉收。卑賤的反面是神聖，神聖與禁忌實為一體，來經血的少女開始具備生育能力，把生產過後的胎衣埋在農作物底下，向大地之母祈禱，可保風調雨順、豐年盛產。

愛情萬歲

一九九四年

一九九四年底臺北市長選舉，是解嚴後的首屆直轄市長選舉，趙少康與陳水扁的對決，是許多人記憶裡勢均力敵的經典大戰。

選戰打得火熱，我記得那是一個特別寒冷的冬天，我窩在更寒冷，全國最低溫的淡水，和男友W一起。在我們蝸居的租屋裡，開票當晚，電磁爐上煨著火鍋，魚餃蝦餃蛋餃燕餃跳水下鍋，翻滾浮沉，白煙氤氳，溫暖了我們的小房間。房間中央是W從艋舺舊貨市場扛回來的二手電視，新聞一一唱著票，我們並非對選舉或政治那麼感興趣，只覺得火鍋滾煮沸騰，簡陋的斗室裡也需要滾沸的聲響來應聲，我們還不知道，那是整個時代的背景音。

一九九三年立法院通過《有線電視法》草案，「老三臺」的壟斷時代結束，有線電視增加到兩百多臺，臺灣新聞臺的密度成為全球之冠。一九九三年秋天，由香港商TVB與臺灣商人邱復生共同出資的TVBS正式開播，首創二十四小時的新聞頻道。一九九四年滿週年之際迎來這場大型選舉，八月一日，當時還在福特汽車公司任職的李濤，斜槓兼差主持《李濤開講》（《二一〇〇全民開講》前身）。李濤模仿CNN王牌主持人賴瑞．金的西裝吊帶褲穿著，找來各黨派的名嘴，每週五天，每晚九點到十一點，片頭刺耳的電話鈴聲開場，李濤身體前傾，肩膀斜向一邊，讓立場針鋒相對的來賓戰過一輪後就開放call-in，節目後方有十幾個工作人員負責接電話，臺南的賴先生，二十秒，臺北吳小姐，二十秒……安迪．沃荷說：「在未來，每個人都可成名十五分鐘」，比中獎還難打進去的call-in，李濤只給每個人二十秒，怎能算是「全民開講」呢？那是一個喧囂的開端，我和男友圍爐吃火鍋，身在其中的人不知不覺。此後，臺灣的選舉少不了政論節目，也少不了宛如演唱會的大型造勢活動，都在一九九四年這場選舉中長出雛形，建立基調。

一九九四年，距離一九八七年的解嚴已過七年，街頭抗議日消，波瀾不起，反對黨的路線從街頭轉往廟堂，推出政治明星陳水扁與從國民黨出走的金童趙少康抗衡。年紀相同的兩人已戰過數回合，出道時就戰過一次，一九八一年臺北市議員選舉，陳水扁拿下第一高票，趙少康第二高票，明星與金童廝殺起來格外好看，黃大洲在雙強對決裡像是偶爾出來跑龍套的雞肋角色。同年還有臺灣省長選舉，宋楚瑜與陳定南的對決同樣好看。角色輪番上場，一九九四年，全民瘋選舉元年，趙少康喊出「違法亂紀通通抓起來」，夾帶戒嚴時代的尾巴；陳水扁使出「快樂、希望、臺北市」，沒了從前黨外時代的悲情，選舉真正成了具觀賞性的大型演出。開票之夜，三五好友買來炸雞披薩拎一手啤酒，搭上雲霄飛車，看著票數起落，或激昂尖叫或抱頭痛哭，不知道的人，還以為電視上播的是世界盃決賽，阿根廷球星馬拉度納單刀連過六人的絕殺鏡頭。

一九九四年我剛滿二十歲，人生第一次投票權，像滑溜的魚從指縫間流去。在淡水小窩，我將自己釀在這裡，密藏起來，原本一個月會回家一次，到後來課不上、家也不回。沒有手機的年代，母親打宿舍電話，聽見大學生租屋處常有的嘩啦嘩啦麻將洗牌聲，認定我在外面學壞了，墮落了。我回不回家，父親沒什麼所謂，只要他疼愛的姊姊記得回家就好。姊姊從臺北回淡水，領回兩人的生活費，看似天下太平、一切如昔，但我心中始終不安，愈是拖著不回家，就愈不知道將來怎麼面對父親。一九九四年底的選舉，投票通知單要回家拿，令我怯步，我對政治沒什麼熱情，不投票也無所謂，要是在投票場所，不小心撞見父親，那就尷尬了。

一九九四年秋天開始，我住淡水，傍晚在臺大夜間部上課，過家門而不入，晚上再搭公車回淡水。我從小成長的家，距離臺大搭公車兩站，走路不到二十分鐘，我硬是把每日的上學路程，延展成希臘史詩奧德賽迂迴曲折的歸鄉路。單程一個半小時，來回三小時的車程，回到淡水已近午夜，月明星稀，潮水拍岸，鑲著珍珠的觀音靜靜躺臥。終站下車，一片漆黑，我還要打公共電話給男友，請他騎機車來載我上山，每天上學、回到租屋，像是無意義地繞遠路懲罰自己，何苦來著，我索性不去上學了。

不上學的惡果，我已經領教一次，一九九四年六月，淡江大學通知我學期成績超過二分之一不及格，大一下學期，我被勒令退學。我攔截原本要掛號寄到家裡的退學通知書，不讓父母知道，我還有不到兩個月，可以準備大學夜間部考試。男友幫我找來高中課本，填鴨的穀物飼料，再撿回來嚼了又嚼。密不透風，黑不見日的K書中心，盛夏七月我把自己埋在那裡，直到冒出青芽，我考上臺大中文系夜間部。

學校有著落，還欠說法，我對母親謊稱對文學仍有興趣，因此參加大學轉學考。母親一聽到是臺大，再也看不到白紙裡的一點黑，種種邏輯對不上之處。如果是轉學考，怎麼會日間部轉到夜間部，升上去不是大二嗎？怎麼會又從大一念起。我的確欺負母親沒讀過大學，父親則覺得公立大學的學費，特別還是夜間部，比私校便宜許多，我幫他省了一大筆錢。我無法向父母解釋的是，為什麼在臺大讀書，我不住家裡，還要住在淡水？「淡水有打工」、「淡水的租約還沒到期」、「我在淡水養貓，暫時搬不回去」……，說不出口的其實是：不用在一個屋簷下和父親一起生活，真是太好了！我彷彿坐牢假釋出獄，再也回不去那牢籠。

✧

住在淡水的第二年，我更加依賴男友，W幫了我許多，我是不是應該有一點回報？W想要的性，我的身體始終覺得勉強，總讓我覺得愧疚。

一九九四年秋天開學過後，W的父母在淡江大學旁頂下一間小吃店賣簡餐。中午是最忙的時候，學生要趕下午的課，一刻都不想等，W希望我能去店裡幫忙。

大學生活什麼都要錢：W車子的油錢保養、打保齡球吃消夜，每逢誰的生日就要唱KTV，我們還看上學校周邊新蓋大樓裡的小套房，獨門獨戶，不必再跟人寒暄打交道，內縮隱蔽正合我意。租金含管理費一個月要兩萬元，陽臺可以看到淡水夕照，我們青春正盛，欲望無限，音響、電視、放映機……物質上我們什麼都想要。安家就是把家一點一滴安裝起來，達欣牌軟殼衣櫥、三夾板組合書櫃、矮方桌、塑膠拼貼地墊，學生宿舍的標準配備，再加上那套四萬塊分期付款的音響組合，成了異質的拼貼，很符合九〇年代世紀末後現代的風格。我們還開始養貓，一公一母，大貓生了小貓，人糧加上貓糧，我們更需要錢了。

為了賺點零用錢，我答應去小吃店幫忙，我才逃離上一個家庭，又落入下一個家庭的陷阱中。雞塊稍炸好起鍋，等客人點了又回鍋去炸。每天衣服都是濃重的油煙味，我改穿準備淘汰的T恤，寬鬆運動褲，髒了也不心疼。淡江的同學已經上了二年級，他們來吃飯，一雙雙晶亮的眼神盯著我，好奇我為什麼在這裡，為什麼老闆老闆娘使喚我的態度好像是自己人，是我的父母嗎？我說不是，也沒給他們答案。縱使相逢應不識，我低下頭來幫他們點餐，目光盡量不與他們交會。他們來了一次之後就不來了，那回鍋再炸的雞排毫無賣相，顯得膩口，我束起長髮，穿著黯淡，忙裡忙外唯有額頭上浮起一片油光。

最忙碌的中午尖峰時間結束，我將自己從油鍋中撈起瀝乾，回租屋將自己從頭到腳狠狠刷洗，吹乾頭髮，差不多要啟程去上學了。從淡水往臺北，在臺大中文系，我是夜裡匆匆來到，放學又要忙著趕車回淡水的透明幽靈，班上同學幾乎不曾察覺我的存在，除了一個親切的女同學S。

S借筆記給我，提醒課程進度，叮囑我老師下次上課可能會點名，一定要到。期中考前和我約在麥當勞一起複習功課，S從不責備我為何時常翹課，只是以實際行動默默地度化我：迷途知返，回頭是岸。

這樣一位好同學，我該怎麼報答她呢？我要報答的人還有男友。離開原生家庭，在外生活的這兩年，無法自立自強、有出息一點，我胸無大志、學業破落，目光短淺，安逸享樂，就這麼飄著浮著盪著，直接抵達世紀末。

親族斷離，我所能仰賴的唯有陌生人施捨的善意。

S從不缺課，持續對我輸送她精良的上課筆記。有一次S帶來一管牙膏，還有錄音帶的透明外殼，她將牙膏塗在塑膠盒上，用力地搓，「妳看，沒有任何刮痕，我們一般所使用的牙膏，為了清潔效果會增加摩擦力，長期下來反而會損害牙齒的琺瑯質。」

在麥當勞，S持續掏出其他產品，我明明知道是怎麼回事，但我不能失去S的筆記，還有她珍稀的友情。隨著她的笛聲來到直銷總部，敦化北路金融區的高樓大廈，白領儷人踩著高跟鞋氣勢逼人，將來我會成為這樣的人嗎？我還無法想像。S將我介紹給一位大姐姐，她的上線，吐字如蜜的蜂后，瞬間魅惑住我。從頭到腳，從保養到清潔，一套產品要八萬元，比我和男友一起分期付款的那套音響還貴。蜂后拿出計算機，將那塊大蛋糕切分為三十六分之一，「妳看，每個月只要付這麼一點點，妳大四畢業前就可以付完了」，S跟著附和，「重要的是找到下線，只需要花錢買第一套產品，接著就開始賺錢了」，S也拿起計算機，她潔白的手指靈活地運算，比起中文系，S是不是更適合讀會計系、經濟系？

我都知道，我明明知道是怎麼回事。我毫不考慮就簽下那張契約，我心知肚明，口拙怕生的個性真的能靠直銷賺錢嗎？我只是想報答S，讀了兩年大學，別人精采絕倫的大學生活是怎麼一回事？我依然孤立無援，只有她一個朋友。

精打細算的S，顯得更人性一點。此前的S，彷彿修道院走出來，噓寒問暖，諄諄叮嚀，面部皎潔，籠罩聖光，讓醉生夢死的我自慚形穢。

夜間部的同學，一半以上不是應屆生，S也來到二十歲，她跟我說，年底選舉她要投給黃大洲。「黃大洲？他不是很溫吞，沒什麼口才嗎？」S除了直銷傳教，也向我拉票，她列舉黃大洲的種種好處，穩重務實，不會花言取巧，S身上也有同樣的穩重，只是和她相處愈久，會發覺她靜好的外表下，隱藏著狐狸的狡獪。S說黃大洲的政績是蓋了公園，世界一流的大城市都有像樣的森林公園。我怎麼記得陳水扁趙少康華山論劍過招，兩人偶爾才勻出手對付一下黃大洲，劍指公園的廢土回填。

國中畢業後，我遠離臺北市中心，到城市的邊陲，大屯山腳下的復興高中讀書。五年後再回到這裡，滄海桑田，金華國中對面的空軍建華新村、陸軍岳廬新村，每年辦書展的國際學舍，一九九二年以興建森林公園之名被拔根鏟除。

一九九四年，大安「森林」公園還是廢土傾倒場，坑坑疤疤蝕成月球表面。蔡明亮的電影《愛情萬歲》留下森林公園的最初樣貌，在一九九四年得到威尼斯影展金獅獎。我在河畔的淡江戲院看《愛情萬歲》，昏昏欲睡，直到二十幾分鐘才出現第一句臺詞，楊貴媚飾演的房屋仲介，接起電話：「喂，老大我已經到現場，都弄好啦，客人就PASS過來吧！」空屋裡的迴音忒大，那是一個市中心精華地段，樓中樓八十六坪，只賣三千六百萬的年代。阿榮（陳昭榮）在中興百貨前擺地攤，小康（李康生）沿街推銷靈骨塔，九〇年代初期政府推廣火化，開始出現許多靈骨塔的直銷，他們西裝筆挺在速食店、咖啡廳物色對象，和保養品直銷一樣，最喜歡找涉世未深的大學生。《愛情萬歲》片尾著名的長鏡頭，楊貴媚走在甫完工的森林公園，周圍都是褐色土堆，樹木孱弱，青絲不吐，寸草不生。挖土機開腸剖肚，翻騰出最醜陋的裡面，女人的哭泣沒有來由，好不容易平靜下來，她撥開一頭亂髮，整理儀容，遠處隱約傳來金華國中的上課鐘聲，女人的情緒不知怎麼又被勾起，鼻腔抽搐，蓄勢待發，影片突然結束。

一九九四年定格下來的鏡頭，像個寓言。二〇一四年，大安森林公園十週年，請樹醫生來體檢。榕樹在別處都能盤根錯節，樹根往下扎一公尺，森林公園裡的榕樹根長不到四十公分，樹醫生在診察土壤時，找不到一條蚯蚓。森林縮小為灌木叢，常見的行道樹，樟樹榕樹細瘦地可憐，一有颱風就要根斷樹倒。事出有因，一九九二年拆除舊有建物，將大部分工程廢土就地掩埋，只在上方鋪了二、三十公分的薄土，根鬚繼續往下，抵達瓦礫碎石，廢土回填夯實，不留下一絲鬆動的空隙。

根鬚在地表漂浮，如同我好不容易著根的友情。八萬元分期付款的債務，男友怒氣沖沖領著我，出征那棟直銷大樓。大我五歲的W，當完兵才來讀大學，社會經驗老道，我扮涉世未深的無辜小白兔，他扮鐵面無情的黑臉，耗時一整天，終於讓那張契約作廢。

契約作廢，好朋友S和我之間什麼都不剩，她堅壁清野，讓我自生自滅，我重蹈覆轍，臺大中文系夜間部大一下學期再度被二一。人不能踩進同一條河流兩次，第一次是悲劇，第二次是鬧劇。不把大學讀完，人生會變成什麼樣子？浸滿油煙炸雞排的日子？便利商店按收銀機找零錢的日子？速食店炸薯條的日子？加油站洗車的日子？乖乖聽男人的話，被他一次又一次勉強性事的家庭主婦日子？逃離父親這兩年、七百多天的日子裡，愛情萬歲，友情也萬歲，我終將抵達這樣的「結局」嗎？

成為印尼人（二）：飛彈與巫術

一九九五年

一個人在外鄉旅行歸來，可能從所遇見的陌生人那裡沾染上某些邪魔。因此回到故鄉，與親友重聚之前，需要履行一定的祓禳儀式。

——詹姆斯．弗雷澤《金枝》

一九九四年秋天，《一九九五閏八月——中共武力犯臺世紀大預言》初上市賣出三十萬本，成為超級暢銷書。父親也買回一本，和他的《毛澤東傳》、《周恩來傳》、《毛澤東詩詞選》、《林彪死因解密》等書放在一起。那些書籍，當然是解嚴之後的產品。

一九八七年十一月開放赴大陸探親，一九九〇年《大陸尋奇》在中視開播，引起旅遊熱潮，父親亦不落人後。他先去探訪嫁到香港的妹妹（我的姑姑），在僅容旋馬的公屋打地鋪，接著從羅湖過關卡進深圳，深入腹地，父親回到廣東大埔縣的房家村，村人大多姓房，有幾條支脈下南洋開枝散葉。除了尋根目的，父親還可以順便賺外快，他在香港這邊買好電視機等家電用品，過關之後高價賣出賺取差價。

一九九二年姊姊大學聯考完，父親策劃廣西桂林家族旅遊，同樣也先到香港，從羅湖入關再轉搭火車，姊姊說，一人一臺，總共牽了三臺摩托車進去，大包小包十分狼狽，一路上父母不停吵架，我因為升高三上暑期課逃過一劫，「這是最後一次家族旅行，沒有下一次了。」姊姊一語成讖。

一九九四年暮春三月，江南旅遊好時節，浙江杭州千島湖發生火燒船事件，三名蒙面歹徒持槍登上遊船，搶劫之後放火燒船，造成臺灣觀光客二十四人死亡。中國官方封鎖消息，阻擋臺灣媒體採訪，讓臺灣人第一次切身瞭解對岸的極權統治、草菅人命，解嚴之後噴發的大陸熱被澆灌一大桶冷水。八月，中共武力犯臺世紀大預言，危言聳聽的預言書出版，書裡說每逢閏八，必有災厄。例如一九七六年發生唐山大地震，毛澤東、周恩來、朱德三大巨頭都在這年逝世。

一九九五適逢閏八，讖言深入人心，計時的碼表在父親腦海裡滴答作響，讓他要靠安眠藥才能入睡。從《一九九五閏八月》出版的一九九四年秋天開始倒數，還剩一年，移民公司大發利市，在世貿展覽會發傳單，附上這本書。有條件的人家，賤賣房產準備移民，在一九七〇年代退出聯合國，臺美斷交，走了第一批，此波是第二批。

自我實現預言，到底是雞生蛋，還是蛋生雞？一九九五從上半年開始，一步一步走向「預言」。六月總統李登輝受邀訪美，李總統在他的母校，康乃爾大學的畢業典禮發表演說。總統的訪美之行，是外交上的重大突破。在這個時間點，顯得無比微妙。臺灣海峽飛彈危機，從一九九五年六月李登輝訪美，到一九九六年三月中華民國首次總統、副總統直選為止。閏八月果然凶險，這期間中共文攻武嚇，在臺灣附近海域密集發射飛彈、在福建省舉行代號「東海」的陸海空三軍聯合登陸作戰演習，臺灣也舉行「精實十一號」的反登陸演習。美國派遣兩艘航母艦隊獨立號、尼米茲號至臺灣近海協防，美日等多國撤僑。

父親並沒有留在臺灣，投下他入籍中華民國後的第一張總統選票，一九九五年初，他趕在閏八月之前，提前從華航退休，迫不及待躲回印尼。

父親走得倉促，母親在百貨公司賣鞋，工作在身，經濟自主，不願意跟他走，我和姊姊都在外租屋過大學生活，父親自然也叫不動我們。十年前他幫我們辦好的印尼護照早已過期，飛彈升空，大難當頭獨自飛，豐沃退休金已能讓他在印尼生活無憂，何必留下患難與共？

父親出生於世界第三大島婆羅洲，臺灣這塊小得多的島嶼從來只是過境之所，揮一揮衣袖，不希罕帶走一片雲彩。父親在臺北原本不肯買房子，他經常嚷嚷「中共要打過來的，買房子幹嘛？」母親說破嘴才逼他勉強買下兩房一廳的公寓，空間窄仄，我和姊姊共用一個小房間，塞了上下鋪又塞了兩張書桌，恰可形容春聯的「滿」字。父親多年努力工作，一毛不拔的生活方式，讓他的口袋攢得飽滿，他終於能脫下低人一等的「華僑」皮囊，露出婆羅洲蘇丹土豪的真身，他只留下一點錢給母親，不多，足夠支付我和姊姊的大學學費。口袋麥克麥克，父親像個大富翁，終於完成他多年來的心願：風風光光衣錦還鄉。

✧

錦衣不夜行，而是日照充足，父親歸鄉，在陽光直射、橫跨赤道的婆羅洲，土名加里曼丹，意為形狀像一只苦澀的梨子，又像一隻蹲坐的雨蛙。

在世界第三大島上，即使乘著飛機，仍無法俯瞰全景，只見大塊大塊濃稠鬱結的綠，蒼莽密林間，無一絲零星隙地，無道路，無市集，無炊煙，無人家，無鐵皮屋頂，無一丁點煙火文明的蛛絲馬跡。唯有從莽林中竄出一條一條滾著土泥的黃蛇，分食那只苦梨，捲纏住那隻黝綠色的熱帶雨蛙。

那底下，終年高溫，溼氣凝聚無從蒸散，舊葉未落，新芽又起，前仆後繼簇生擠湧著，陽光、空氣、水無一不足，植物不免凶猛。果子結得特別大，二、三磅重的榴槤，垂實纍纍拔刺尖尖，像是隨時會砸下來的凶器，黃蕉肥短鼓脹如爆發戶手指，五根、十五根、三十根……，甫一割蕉，空缺隨即補上，如蜥蜴斷尾隨即再生，胼指以倍數增殖，豪取強奪熱帶取之不盡的養分，不只凶猛，而且貪婪。

父親搭機到雅加達，在祖父家短暫停留，再搭國內線的小飛機往婆羅洲加里曼丹，他出生的凶暴之地。親戚們說，父親得意張狂，嘴上常說，他工作一輩子，有一大筆退休金還有存款讓他花用，他回到印尼可以過著帝王般的生活，他準備回故鄉討個「老婆」。親戚問：「你不是已經有老婆了，大嫂在臺灣呀！」父親答，他要回鄉定居，回教依法可以娶四個老婆。「臺灣的老婆、女兒尤其是大女兒都不聽話，要她們有什麼用！」一九〇年代，富庶的臺北市中心中產階級家庭，家中沒有熱水器，冬天洗熱水澡要在廚房瓦斯爐上煮一大鍋熱水，煮沸後將熱水倒進水桶，再將水桶提到浴室，國中生的手臂十分孱弱，稍有不慎就會燙傷自己，這些父親都不在乎，他只在乎買一臺熱水器要花錢，還有熱水器一氧化碳中毒的新聞。「不聽話」的姊姊及母親和父親吵了又吵，時有肢體衝突，父親回鄉對親戚描述得繪聲繪影「反了，都反了，要騎到我頭上來了！」

回婆羅洲再討一個或兩個老婆，大部分親戚當父親說的是笑話，少數窮怕了的親戚，希望賺點仲介費，幫忙牽豬哥，介紹女孩子給父親相親。一九九五年，父親五十七歲，仲介幫他介紹的都是十八、九歲的女孩，和姊姊的年紀相當。臺灣自七○年代開始以農養工，犧牲農業、扶植工業，大批農村人離鄉背井到加工區成為工廠人。解嚴後經濟飛升的一九九○年代，城鄉人口比例失衡，鄉村人口嚴重外流，留鄉務農者娶不到老婆，臺灣男人娶外籍配偶的數量在九○年代暴增。一九九五年《光華雜誌》有篇報導〈「冤家」是個臺灣郎——美濃的華裔新娘〉，文中提到「近三、四年來，這種『國際通婚』的風潮正在臺灣許多農村蔓延。新竹橫山鄉最近就有三兄弟在同一天娶新娘，對象都是印尼華僑」。一九九五年七月，美濃「外籍新娘識字班」因應需求開張，在臺灣前所未見，美濃開風氣之先。嫁到美濃的客家女孩，有大半來都自於父親的故鄉：婆羅洲的下半部，西加里曼丹第二大城，有許多客家人聚居的「山口洋」。

山口洋在加里曼丹西北邊，早年是因為打勞鹿（Monterado）開採金礦所需而建的一座港口，廣東、福建等華南移民被召工，飄洋渡海前來，在十八世紀中期就有移入蹤跡。山口洋顧名思義，有山有河流有海洋，五條河流（亞答江、九條江、頭條江、三條江、山口洋河）蜿蜒環繞，注入海洋。山口洋市坐落海岸平原腹地，背靠八座群山（砂理山、琶西山、珀騰山、帛娥撒山、色達烏山、琶當琶琗山），面朝大海，終年夏天，時有午後雷陣雨沖刷，降低炎熱，稍顯清涼。

山口洋是印尼華人人口最集中的地方，華人占總人口一半以上，二〇〇七年，山口洋市選出第一位華裔市長。此處好山好水，民風淳樸。不只是臺灣男人，曾留學海外，在雅加達做生意的堂哥，交了幾任都會女友皆不了了之，嬸嬸催促著他回山口洋相親。嬸嬸說，山口洋的女孩吃苦耐勞，又乖又聽話，最重要的是華人後代，皮膚白白的，怎麼曬都不黑。

父親在山口洋荒腔走板的娶妻記，傳到母親耳裡，已經是一九九六年秋天。這一年春天，臺灣熬過自一九九五年夏天開始的飛彈危機，一九九六年三月，李登輝、連戰成為臺灣首次直接民選的正副總統。父親如再回到臺灣，總統還是同一個，實質意義已經不一樣了。

一九九六年秋天，叔叔嬸嬸緊急來報，希望母親專程飛一趟印尼，阻止父親結婚。叔叔說，父親在山口洋太過招搖，錢財露白，讓旁人起貪念，疑似讓他喝到什麼東西，被下「降頭」，最終他沒選擇年輕貌美的女子，卻看上一個滿嘴暴牙，眼歪嘴斜，在親戚的形容中「其醜無比」的寡婦結婚。

母親好不容易跟百貨公司請了假，千里迢迢飛到印尼終止這場「鬧劇」。父親整個人變得癡傻，眼神渙散不能聚焦，像一具完全受控於人的提線木偶，未婚妻名叫阿娟，要他往東，他就不敢往西。阿娟在親戚前厲聲斥責他，把他當小孩一樣管束，讓眾人甚是驚愕，父親以霸道壞脾氣著稱，如今他被收服，乖順如綿羊。

阿娟要他置辦結婚的新房、整套簇新家具，他乖乖去辦。貼上紅紙剪成的「囍」字，就差房家族中長輩點頭，正式舉辦婚禮。親戚藉故拖延，終於等來母親。母親落地後調兵遣將，招來家族中身強力壯的男丁，登門叫板宣戰。父親薄情寡義，母親樂善好施，多年來母親做人成功，在親戚間比父親還得人心。房家壯碩男丁在母親身後撐場，親族長輩左輔右弼，烘托正宮娘娘出場。阿娟也不是省油的燈，搬來她娘家的人，潑婦罵街與母親大戰幾回合。為了躲避飛彈，父親倉促出逃，能帶出來的錢有限，許多財產還須他親自回臺處理。一旦出海離了國境，便出了降頭的施力範圍，阿娟深知這點，幾番拉鋸討價還價，阿娟同意父親賣掉在山口洋的結婚新房，以賣屋的錢補償她，足夠她在偏鄉餘生吃穿不盡。

鬧劇結束，母親準備將父親拎回，我遠在臺灣聽到消息，心情瞬間冰凍三尺。趁著父親躲飛彈前腳剛離開，家裡隨即裝好熱水器，打開水龍頭就能洗痛快的熱水澡。為什麼父親還想回來？我寧願相信，父親對阿娟不是降頭，而是真愛，真愛能把父親永遠留下，真愛能讓父親即使隔著一片海洋回到臺灣，還能義無反顧地追回去。

父親遠走他鄉，就是我莫大的幸運。

這座被飛彈對準的島嶼，到底有什麼好？值得父親歸來？

港產降頭電影，盛行於七、八〇年代，一九七五年香港邵氏公司首先推出《降頭》，何夢華導演，狄龍主演。下愛情降要取屍油，找到還沒下葬的女屍，以火燒下巴，屍油滴落，盛進瓶中。《降頭》大賣座，隔年再推出《勾魂降頭》、《油鬼子》。邪典導演桂治洪一九八一年的《蠱》，有降頭教科書之稱，涵蓋飛降、死降、針降、棺材降、愛情降、蠕蟲降、屍油降、勒頸降、鐵釘降等術法，片中特地請來馬來西亞大巫師胡仙哈辛（Hussin Bin Abu Hassan）飾演反派降頭師，一一示範每種降頭的步驟做法，例如檸檬降，是將一顆檸檬削成四方形，以數根長針橫豎十字穿插，再將這顆檸檬放在路面凹地，上頭鋪蓋砂石，只要有人踩踏，或者車輪壓過，被施降者便有如萬箭穿心。

童年時，父母帶我看過降頭電影，不知當時大人為何覺得我的幼小心靈承受得住蛆蟲在皮膚表層蠕動，毒蛇在七孔間遊走，蜈蚣從女子嘴裡噴吐而出？當時的戲劇作品不流行反轉，電影只傳達單向性的思考：善有善報，惡有惡報，凡事都有因果，不是不報，時候未到。也許父親帶小孩看恐怖片，是迂迴曲折地對我們說教：要乖乖聽話。

我在那些降頭電影裡看到父母預期以外的東西，為何父親的家鄉南洋，在電影裡總是招惹災禍的不祥之地。「到南洋旅遊，千萬不要隨便喝陌生人給的水或食物」；「沒事不要去南洋，如果真要去，路邊的攤販不要吃，什麼時候被下了降頭都不知道」；「南洋的人家裡陽臺會種玫瑰或者其他帶刺的植物，用來防飛頭降。修練飛頭降的人，夜間頭首分離，頭拖著腸子飛出去吸血（尤喜小孩和孕婦的血），玫瑰的刺會扯住腸子，讓頭飛不回去，天亮之前就會死亡。」我驚恐地記起，爺爺雅加達家中的窗臺有種植一品紅，長滿刺的灌木開著小紅花，我不知道這種植物有什麼好的，為什麼要種這種摸也摸不得的花朵。篤信基督教的爺爺說，一品紅又叫作荊棘冠，傳說是耶穌基督被釘上十字架時，頭上所戴的荊棘冠冕。

蛆蟲毒蛇蜈蚣癩蝦蟆貪嗔癡怨憎，電影裡的「南洋」彷彿一個極度卑鄙骯髒齷齪的小人，躲在暗處，伺機偷襲，父親怎麼會來自這樣一個用咒的地方？我的所有疑問，直到來到暑假，我們被父親拎回去，盛夏七月赤道直射的陽光下，慘白的皮膚被曬到黝黑，這麼多的陽光潑灑下來彷彿金漆，我，姊姊，堂哥堂姊堂弟堂妹，我們每個人都像被灑上金漆的小佛陀，降頭電影裡那個被「虛構」的南洋瞬間蒸散。

◇

第一次察覺到父親濃烈的鄉愁，是在一部電影裡。一九八四年熊井啟的《望鄉》在臺灣上映，當年我十歲，這部拍攝於一九七四年，得過無數大獎的電影與我同齡，十年後才在臺灣上映。臺灣許久看不到日本片，《望鄉》打破禁令上映，造成轟動，黃牛票猖獗。父親不知是怎麼搶到黃牛票，只記得父親搶到兩張票，一家四口，父親抱著姊姊，母親抱著我，在西門町樂聲戲院的巨幕廳，全家人以這種不舒服的觀影方式，舉頭望著父親的家鄉：婆羅洲。

故事發生在北婆羅洲的沙巴，有著小香港之稱的山打根。從明治時代開始，日本黑心掮客誘拐貧苦人家的女兒，以出國工作的名義，將十三、四歲的女孩用運煤船偷渡出國，從九州的天草，經基隆、香港，最後抵達山打根的娼館街。

被誘拐賣淫的女孩有個名稱「唐行小姐」，森崎和江《唐行小姐：被賣往異國的少女們》提到，「唐行」本是明治、大正到昭和年間，在日本九州地區所使用的語彙，意指遠去唐土打工。「唐天竺」（原本為中國印度）泛指海對岸的異國，明治維新後，貧困的日本男女到海外謀生，人們稱呼他們「唐行」或「唐行殿」。唐行的目的地有朝鮮、中國、臺灣、西伯利亞，或者下南洋。「唐行」加上「小姐」指偷渡到海外賣淫的妓女，有強烈貶低之意。賣到朝鮮的唐行小姐尤其慘，大多熬不過二十歲。日本殖民朝鮮，在當地鋪設鐵路奴役朝鮮人勞動，朝鮮人傾家蕩產也要到妓院買日本女人，並非為了滿足性需求，而是報復心態，過程中多所折磨凌虐，生不如死。

山打根接客的對象包括在當地做生意的日本人、華人、白人殖民者（英國人），以及當地的土人，土人是最下等，妓女們多半不願意接。女主角阿崎出身九州貧苦人家，被拐騙到山打根，原本在妓院做打掃工作，滿十四歲那天被逼下海，第一個接客的對象就是土人，粗暴地撕裂她。日後阿崎為了賺錢給哥哥娶妻買房，葷素不拘，她不像其他姊妹有潔癖，為了接土人生意，還特地學土著語言。一次大戰後妓院易手，由資深老娼阿菊姐接手，阿菊善待眾姊妹，臨終時將首飾分送，再三囑咐「千萬別回去」。

阿崎沒聽話，渡海回鄉後，被哥哥嫂嫂看不起，引以為恥。阿崎離開她多年賣身供給哥哥的房子，遠赴哈爾濱重啟人生，結婚生子，二次大戰後日本戰敗，一家人遣散回日本，丈夫早死，唯一寶愛的兒子長大以後以母親為恥，避不相見。

田中絹代飾演阿崎的晚年，落魄潦倒住在偏鄉連廁所都沒有的破屋，和一群流浪貓相伴的獨居老婦人。屋內髒汙，連一條乾淨的被褥都沒有，只有一條浸滿水氣潮溼的厚棉被，這條棉被外面的布料是阿崎母親在出發之前縫給她的新衣，裡頭填充的是爪哇馬來群島原產地的木棉花。歸國之後，很久沒在赤道的陽光下曬一曬。

十歲在母親膝上勉強看完的《望鄉》，小孩子能懂得什麼呢？以上情節被我通通忘光。只記得父親那雙總是令我懼怕，毒蛇般殘忍的眼睛，望向螢幕裡的婆羅洲，瞬間緩和似小溪，潺潺流動，柔情萬千。彷彿將要從父親眼眶裡滴出水的那一幕，兩個小時的電影，我只記得最後一幕：戰爭已遠，娼館蹤跡不再，唯有在離山打根市中心一段車程的熱帶叢林隙地，錯落著幾座覆滿青苔的墓碑，其中包括死在南洋的阿菊大姐，還有其他姊妹，每一座墓碑的方向，都背朝日本故土。

歸鄉之難，頭也不回，背過身來，望斷歸路。

✧

山口洋原是叢林，當地居民相信，山川河海、金石草木都有彭努谷（Penunggu，在地靈）棲身其中。華南移民從中國帶來大伯公，達雅族也有拿督神廟信仰，山口洋以千廟之城著稱，華族、達雅族都有能讓神靈上身的乩童，有些乩童還能橫跨溝通兩個種族的神明，讓不同語言種族的神明都上身。

每年正月十五元宵節，山口洋會舉辦十五暝（Cap Go Meh）慶典，成百上千乩童遊街，乩童或掛骷髏項鍊，或以長針刺穿臉頰，或上刀梯或踩刀轎，或坐針椅或躺刀床。十五暝源於荷蘭殖民時期，有兩百年歷史，即使在一九六五年蘇哈托執政之後的「新秩序」時期，禁華文，關華校，明令禁止華人宗教儀式活動，山口洋因為天高皇帝遠，神廟乩童活動仍然持續低調進行，這裡彷彿形成真空，容許百鬼夜行。

萬物有靈，文明進展無法為之除魅，是否因為如此，黑魔法降頭找上父親這個沒有任何宗教信仰的人。來自這千廟之城，泛靈匯聚之地，父親從不捻香，不拜祖先，不進寺廟與教堂，他是毛澤東與周恩來共產唯物主義無神論的信徒，厭惡任何宗教信仰。祖父來臺灣探親，堅持星期天上教堂做禮拜，母親每逢大考就要帶我和姊姊去拜文昌帝君……這些都被父親嗤之以鼻。

什麼都不信，卻也沒練成邪魔不侵的不壞金身，當父親歷劫歸來，我很清楚，他「裡面」有零件被換掉了。從前父親那雙像毒蛇一樣緊咬不放，把我釘在原地，惡魔一般的邪眼，如今洗淨閱歷世故與籌謀，回復成一雙八歲孩童的眼眸。八歲的父親是家中長孫，長相靈秀，聰慧可愛，眾人寵愛集於一身，垂垂老矣的姑婆在山口洋鬧街處開糕餅店，做好的大餅總切下餡料最飽滿的一塊，獨獨留給阿尼（父親的小名）作放學點心，在物質缺乏的年代，讓眾堂兄弟姊妹羨慕妒恨不已。

阿尼怯怯抬起頭來，幼鹿一般無辜的眼眸看著我。

《一九九五閏八月》成為攪動時代的暢銷書，科幻小說家張系國的點評是：「預言沒有成為真實，並不是預言的失敗，反而是預言的成功。」

一九九五年的臺海危機，父親回鄉被下了降頭，巫術與飛彈，自我實現預言，預言自我實現，天下暫時太平，島嶼繼續偏安。因貪財而施咒的阿娟不會知道她其實是一個好女巫，施展奪胎換骨之法，換取的父親，終於對我說了一聲「對不起」。

參考資料

- 森崎和江著，吳晗怡、路平譯，《唐行小姐：被賣往異國的少女們》（上海：上海人民出版社，二〇二一）。
- 蔡靜芬，《印尼山口洋的神廟與乩童傳統》（北京：中國社會科學出版社，二〇二〇）。

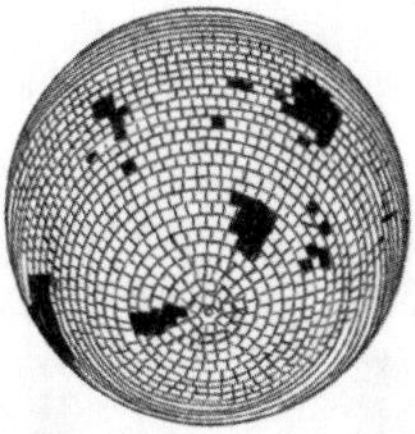

不要溫馴地走入那良夜

一九九七年

不要溫和地走入那個良夜
老年應當在日暮時燃燒咆哮；
怒斥，怒斥光明的消逝。

雖然智慧的人臨終時懂得黑暗有理，
因為他們的話沒有迸發出閃電，他們
也並不溫和地走進那個良夜。

——狄蘭．湯瑪斯，〈不要溫和地走進那個良夜〉（節錄），巫寧坤譯

一九九五年夏天，我在臺大中文系夜間部的修業學分超過二分之一不及格，再度被退學。這一次，我無法再想出什麼天衣無縫的說詞瞞住母親，該來的總是要來，母親厲聲命我收拾淡水衣物，匆匆搬回臺北，嚴加看管。

一次退學事態嚴重，兩次退學已不是「嚴重」能夠形容，而是鬼迷心竅。母親帶我去算命改名，求神問卜，線香繚繞的一團迷霧中，希望把原本聽話的女兒喚回。

人必須為自己的行為付出代價，母親說，從今之後妳要養活自己，半工半讀，家裡不再提供生活費。學總是還要上的，我灰心喪志參加夜間部大學考試，沒有任何準備，秋天放榜，最後的落腳處是淡江中文系。

學校勉強有著落，工作從何找起？母親說，妳要自己想辦法。用的是笨方法，無頭蒼蠅上街張望有無徵人啟事，一間貿易行徵助理，高中畢業即可，公司位於老舊大樓內，我在樓下徘徊良久，雙腳像是被柏油路的瀝青黏住，總也抬不起來、走不上樓。失魂落魄繼續亂晃，巷口巧遇家裡開診所的小學同學P，上午需要一個掛號拿藥的幫手，按時薪計算，我讀夜間部，時間剛好可配合。我退學兩次，又要從大一念起，P將要升上大三，在南陽街補習托福，準備到紐約讀碩士，我們的差距以光年計。P父親的診所生意冷清，空暇時間我把失落多年的閱讀習慣再撿回來。P忙課業玩社團交男友還要補習，總是晚睡，午後才起床，我們碰不到面，這樣也好，以免我自慚形穢。

工作到中午，回家略微休息，下午搭車去淡水上課。夜間部的課到十點，再搭車回臺北已近午夜，梳洗一下就要睡了，明早八點還要去診所開門。歲月不能說是靜好，但求心安，不用再藏匿祕密害怕家裡知道。

一九九五年夏天我聽從母親的命令回家，剛好和父親擦身而過。為了躲避一九九五年開始的臺海飛彈危機，父親急忙領了退休金，躲回印尼。武力攻臺的風聲滿天飛，我卻能安穩度日，因為父親不在家，因為父親很可能落葉歸根，終老印尼，不再回來。父親缺席的地方，就是我的安身之處。

逆女改邪歸正，勤勤懇懇打工上學，安分守己，再也不翹課。一九九六年春天，臺灣舉行總統大選，度過危機，警報解除，士農工商安居樂業，回歸日常生活。冬天，母親遠赴婆羅洲，拎回中了降頭的癡傻父親，我與傻父相安無事，歲月安穩僅僅只有半年。

一九九七年大二下學期將結束時，我帶著一些書，簡單衣物，兩隻貓，再度沿著大度路的逃逸路線，搬離了家。

多年之後，八卦週刊同事阿信跟我說了一個關於張素貞的故事，惡魔死刑伏法，兩個兒子由教會協助送出國給外國人撫養，引用聖經典故，改名約書亞、耶利米。斷捨離乾淨，唯有張素貞被綁縛在原地，隱姓埋名度日。週刊收到線報，魔頭陳進興之妻張素貞在中部一間卡拉ＯＫ店陪酒，表演「十八招」攬客，阿信化身為性好女色的酒客，「臥底」採訪。

出刊前一天，阿信動了惻隱之心，特地開車南下，去找那個滾落風塵的女人，表明身分，明天過後，全國的媒體會追殺到這裡來。阿信說，張素貞先是一陣歇斯底里的嚎叫，眼淚鼻涕直流，接著雙腿一軟，癱倒在地向阿信跪下。阿信說不出話來，他充其量只是執行任務的平庸邪惡，前來報信已是他最大的「慈悲」，「逃，快點逃」，他只能擠出這一句。那是二〇〇四年，白曉燕被撕票七年後，陳進興被槍決五年後。

一九九七年四月二十五日，張素貞在三重家中，聽見丈夫開鐵門的聲音，在門內的便衣警察面前，張素貞大聲呼喊「阿進仔」、「阿進仔」，陳進興轉身就逃，連同高天民、林春生，開始半年來翻天覆地的北臺灣逃亡生涯。

三天後，泰山中港大排浮出一具女屍，是被撕票已死亡多日的白曉燕，隔天的報紙頭條，媒體以「知的權利」為由刊出屍身照片，那畫面一入眼就難以洗刷，成了全臺女性的夢魘。

多年後我仍然記得一個細節：被切斷的小指末端，用鐵絲纏繞止血。報導裡鉅細靡遺列舉解剖後發現死者生前曾遭受毆打凌虐，以及強暴，都比不上這個放大的局部所能說明漫不經心的殘忍。這個在身體上占比不大的一截手指，纖細，柔嫩，除了彈鋼琴以及兩小無猜約定打勾勾無多大作用，直到它遭遇來自黑暗世界的粗礪物質，剛硬能深陷肉裡的鐵絲，粗心潦草地纏繞。肉票終歸要撕，何必在乎止血方式。

一九九七年本不尋常，二月長了尾巴有二十九天。一九九七年的另一個尾數八月三十一日，離婚後做回自己的黛安娜王妃，死於狗仔隊搶拍照片所造成的車禍意外，巨星殞落。在臺灣，一九九七年五月一日民視開臺，俗稱第四臺的有線電視進入戰國時代，潘多拉的盒子打開，釋放出來的不是解嚴後的鬆綁自由，盡是追逐利益不擇手段，從此一去不回頭。

一九九七年還有亞洲金融風暴，在雅加達賣小吃的姑姑，好不容易將兒子送到澳洲讀書，想讓他翻轉階級。金融風暴讓印尼盾重挫貶值，表弟中斷學業，回印尼的飛機票要東借西挪才湊齊。多年後我怎麼也想不起一九九七年有這些「大事」，腦裡平滑一片，沒有絲毫關於它們的刻痕。那一年我的世界縮成一個小方框，在淡水，每晚睡前，我盯著那個方框，陰陽魔界的入口，沒有加裝鐵窗的租屋窗口，想像一百六十公分、八十公斤，身形矮壯的阿進仔，像團攪拌著汙泥土塊的黑色土石流，破窗而入，將我完全覆蓋。

一九九七年在我每晚膨脹的夢魇之外，的確發生了一場致命的土石流，八月溫妮颱風過境，土石衝進林肯大郡，二十八人死亡，上百人無家可歸，許多人在十年、二十年後仍一邊租房子，一邊繳納半倒家屋的房貸。並不是每種逃亡都能形成路徑，受災戶不堪雙重經濟負荷，有些人逃了一大圈又回到原點，住回那傾倒斜度沒那麼厲害的危樓裡去。

一九九七年，臺北經歷漫長的交通壅塞黑暗期，淡水線捷運終於通車。許多家在臺北，在淡水租屋的淡大學生把房間退掉，轉而搭捷運上下課，不必再忍受寒流時的全國最低溫。我依舊不合時宜，與眾人逆行，從臺北搬回淡水。

✧

父親剛回家時乾瘦癡傻，大概是太傻了，他握住我的手（生平第一次），說以前對我很不好，是他的錯，請我原諒他（聽聽就好）。沒幾個月父親就被養胖，吃飽喝足，血肉補齊，吹氣球一樣回復成原先那個富富泰泰、白白胖胖的父親，家裡再度「充滿」了他。

填充父親的家，把我擠了出去。

預算不多，臨時倉促找房，最後落腳在往淡江大學上山途中，好漢坡邊坡旁的一排民房。外頭是一片雜樹林，下過雨後就有股青草溼潤的泥腥味。階梯上時有腳步上上下下，如果腳步聲突然停下來，也許只是為了林間一隻跳躍的松鼠，或羽毛閃現的五色鳥駐足，我總感覺那視線正透過窗簾向內窺視，一二三木頭人，我在房間裡的動作也會同步停下來，屏氣凝神，開始一場無聲的對峙，儘管毫無必要。

一層樓分隔成七、八間雅房分租給學生，共用衛浴，一間洗浴，兩間蹲廁。廁所沒幾天就會積了一層尿垢，樓主是一個年紀比學生稍大，畢業後因為低廉房租而繼續住下來的上班族，負責訂定公約，排定值日生打掃，維持基本清潔，除此之外，租客間沒有任何往來，連點頭寒暄都省略。樓層的設計盡量增加房間數，好讓房東多收一點租金，取消交誼的公共空間，狹長的甬道盡頭就是浴室廁所，到了晚上洗漱的尖峰時刻，啪答啪答的拖鞋聲此起彼落，聽音辨位，無縫接軌，溼的出來換一個乾的進去。

學校附近有許多這樣的雅房出租，門禁鬆散，大門洞開，房門只有簡單的喇叭鎖，一撬就開。出入人員混雜，陌生臉孔不知是誰的男友或女友，隔壁每次帶回來的都不是同一人，可能意識到木板隔間隔音效果差，歡愛時總壓低聲音。吵鬧的是呼朋引伴搓麻將的男大生，每逢期中考結束必定要大戰幾回合，洗牌聲如潮浪一波波湧來，成形了又碎散，碎散了又成形，幾次被需早起上班打卡的樓長抗議後，隨機湊牌咖的游牧民族拔營離開，轉戰到隔音良好的高樓套房去。

麻將聲退去後，過於靜寂的夜裡，我反而難以入眠。我將床換了位置，讓視線能正對窗口，無論遭遇的是什麼，我都希望在它跳進來的霎那，我可以看清它的樣貌。小指頭末梢隱隱抽痛著，如同幻肢，彷彿就這麼一直盯著，意志力的對決，那頭攀在窗外蓄勢待發的獸，就不會翻越過來。

「來了！來了！
從山坡上輕輕地爬下來了。
來了！來了！
從椰子樹梢輕輕地爬下來了。」

✧

一九九七年北臺灣長成的獸，啣著一九九六年末南臺灣的尾巴，老虎咬著老虎尾巴跑成一個沒有開始與結束的莫比斯環，時代裡女性共感的恐懼於其中成形。

一九九六年十一月三十日，一身粉紅套裝的婦運大將彭婉如，當她在日暮時猶燃燒咆哮，滿懷理想地走入那良夜，隔天民進黨黨代表大會表決婦女參政四分之一保障條款。戰將不知疲倦，持續遊說至深夜，當她離開時，堅實的地面像是惡作劇般地裂開孔縫，將她大口吞吃。夜間十一點十八分，高雄尖美飯店往圓山飯店十五分鐘的車程，看似平坦大路，實則阡陌縱橫，一個轉彎就誤入岐路，公墓荒地，野草長得比人高，星辰明月都幫忙掩護。文明是一張隨時能捅破的薄紙，深夜的計程車是流動的棺材，卡夫卡預言的流刑地，女性只能賭一賭運氣。不作夜歸人，不搭計程車總可以吧！我仍然無法鬆懈，那扇每晚睡前都要緊盯的窗。

野獸的通緝肖像貼得到處都是，有一度，聽說獸在石牌北投一帶流竄，淡水街上開始有警察臨檢，騎機車戴安全帽的都要脫下來驗明真身。北臺灣大逃亡期間，三人還默默綁了議員勒索五百萬跑路費得手，忽而往東，忽焉在西，神出鬼沒，如影隨形。不受控制的還有收視率，綁票消息正式公布前，就有SNG直播車在白家門前等候，亡命之徒逃亡期間，攻堅槍戰live實況轉播，逃犯難道不會打開電視獲取警察攻堅布陣位置嗎？奇觀化的後果是去脈絡，並產生錯覺，覺得那畫面似曾相識和隔壁電影臺的警匪片沒了界線，把新聞當電影看，驚險刺激，捨不得閉上眼睛。

一九九七距離解嚴正好十年，集體高潮的媒體與群眾，有誰知曉，五二〇農運詹益樺拆下立法院招牌，綠色小組特別把阿樺的「犯罪」畫面遮去，對社運夥伴的保護大於一切利益。

緊張緊張緊張，刺激刺激刺激，直到陳進興入室性侵的消息傳出來，實際報案下還有大量黑數，那頭獸最危險的時刻不是攻堅圍捕中的擁槍自重，而是當他闖進家門面對一個弱女子，俄羅斯輪盤滾動，從十三歲到六十歲，從中山區到古亭區，在每一個轉角路口與偽裝成人的獸擦身而過。

槍林彈雨中林春生死了，逃亡中的陳進興、高天民想要易容，找上方保芳整形診所，位於南門市場旁的大樓內，兩人逼迫醫生護士動手術，還不忘先姦後殺。我白天在診所打工，和「她」一樣也有一件純白的護士服，我工作的診所離南門市場不遠，那陣子只要想起「她」，就會一陣觳觫。過不久後，警方接獲高天民買春線報前往圍捕，高天民舉槍自盡，剩下危險狡猾的最後一頭獸仍徘徊遊蕩於左近。

一九九七年的北臺灣恐怖死了，還好不住在臺北，中南部人這麼說。阿進仔吸引全國目光，其實在道上兄弟眼中，姦淫擄掠只能算是「卒仔」。真正大尾的不是阿進仔，在彰化縣沿海，一九九七年芳苑鄉農會改選，十大槍擊要犯號稱鬼見愁的黃主旺，活埋其中一位候選人的助選員，那些年烏茲衝鋒槍是偏鄉械鬥的基本配備。農會改選為何是兵家必爭之地？芳苑鄉靠海邊，土質鹽化貧薄，農會信用部內神通外鬼，讓有關係的人拿不毛之地超貸上億，終至信用破產。那些年農會信用部淪為黑道小金庫，超貸破產擠兌輪番上演。

金融炸彈遍地開花，一九九六年三月，林口農會也因超貸案造成擠兌，老百姓害怕存在農會的辛苦錢化為烏有，阿進仔也擠在人群中，插隊、推擠、叫罵聲不斷。突然貴賓室的門打開，保鑣簇擁著大明星，摩西過紅海，老百姓為了看明星自動讓出通道，鉅款隨著明星一起護送上車，勞斯萊斯的防彈門一關，絕塵而去。阿進仔不高，身高只有一百六，大明星的身高比他更矮，拍過一個自嘲「矮肥短」的廣告，阿進仔從來不知缺點也能變成優點拍廣告賺進大把銀子，只要有錢，只要成為人上人，像阿進仔這樣父不詳的孩子也能洗刷歹命。慾望膨脹再膨脹的九〇年代，三級貧戶出身一九九四年當上首都市長將來還要作總統，有夢最美希望相隨，什麼願望都可以許下，什麼事情都可能發生。阿進仔與大明星，將來還要再狹路相堵。

蓬鬆如粉色棉花糖的九〇年代，街頭運動已歇，大學生心無大志。想睡才睡，不想起床十個鬧鐘都叫不醒，三餐不定時，早、中、晚餐都可省略，但掉落於時區縫隙的消夜必不可省，一時興起就騎車殺到北海岸十八王公吃肉粽，不想跑那麼遠，配合大學生夜貓作息，學校附近從凌晨開到早上的清粥小菜燒餅油條炭烤海鮮任君挑選。迎向千禧的九〇年代末，彷彿就要迎向新世紀的朝陽，22K青貧族還沒出生，金融海嘯還遠，喬治瑪莉卡刷刷刷，週年慶買買買，欲望衝上頂峰，以粗暴混濁的型態反噬。彭婉如加上白曉燕命案，讓女孩脫掉裙子穿回長褲，回歸八〇年代戒嚴下的規訓身體，約夜唱吃消夜打保齡球，不再看輕夜的深沉，再不敢瀟灑揮手不要別人送，甚至，開始考慮是否交個功能性的男友，安然度過這險惡。

漂浮的時代，因這一百六十公分，八十公斤的阿進仔，重重地墜落下來。

觸地的那一天，一九九七年十一月十八日，南非武官脅持事件，在距離淡水不遠的天母，跨過小坪頂過來，輕而易舉，但阿進仔已成甕中之鱉。那一夜原本互不往來的樓友們聚集在有電視的房間裡，有人買來小豆苗、鹽酥雞，有人帶來一手啤酒。好戲開鑼，電視裡應主播要求對兒子唱起〈兩隻老虎〉的阿進仔，很意外地有種草根的人情味，從晚上九點五十五分開始，一直到凌晨五點多，電視主播紛紛call-in進去陪阿進仔聊天。

媒體呀媒體，解嚴前爭取新聞自由的掙扎究竟為了什麼？阿進仔從獸又回到一個人，父親、丈夫、姊夫，為妻子及小舅子喊冤，角色有血有肉，是殺人不眨眼的惡魔也是愛家護妻的好爸爸，沒有一個人捨得放下電視去睡覺，隔天所有人無一例外都翹了一整天課，天一亮，輕浮歡快的九〇年代又回來了。

榴槤與鐮刀

一九九八年

關於羞恥的記憶比任何記憶都更加細緻，更加讓我不知所措。簡而言之，這種記憶是羞恥的特殊餽贈。

——安妮·艾諾《一個女孩的記憶》

一九九八年五月，遠方島嶼的那場五月血色暴動，沿著國際越洋電話線頻繁伸來觸角。住在雅加達的叔叔嬸嬸，想要將女兒欣欣送過來暫住。欣欣上面還有兩個哥哥，男孩沒那麼急迫，女孩萬萬留不得。那陣子雅加達中國城遭人搶劫縱火，暴徒設下路障，將轎車裡的乘客拖出來，如果是華人面孔就一陣暴打，令華人群體最駭怕的是，暴動中隨之而來的極端洩憤方式：強暴。欣欣剛滿十八歲，聽話守本分，如同她的性別角色。兩個哥哥都送出國讀書，嬸嬸給欣欣灌輸的價值觀是：女孩子讀那麼多書有什麼用，門當戶對的婚姻才是最重要的。

十八歲出門遠行，欣欣第一次出國見世面是逃難避禍。從裡裡外外裝滿鐵欄杆的印尼家中逃出來，落腳臺北，她十分好奇，「為什麼臺灣的房屋也裝滿鐵門鐵窗，妳們這裡也有暴動嗎？」感覺明明不像呀，我和姊姊半夜帶欣欣出門冶遊，去東區

ＫＴＶ夜唱，沒有專屬司機或保鑣，欣欣詫異地問「晚上出門妳們不怕嗎？」唱完再去復興南路清粥一條街，菜脯蛋、瓜仔肉、滷豆腐、豆豉鮮蚵、煎豬肝、脆瓜肉鬆豆棗擺滿一桌，舀一碗地瓜稀飯，欣欣問「稀飯不是早上吃的嗎？」清粥店旁邊還有燒餅油條店，原本也是早上吃的，在這裡凌晨兩、三點生意最好。世紀末臺北夜生活的熱絡，像油鍋裡快速脹起的金黃油條，只要不戳破那內裡的蓬鬆塌軟就好。

那時候東區還只是忠孝東路，明曜百貨、統領百貨、ＡＴＴ吸引力廣場……，尚未延伸到信義計畫區去。白天有白天的風景，忠孝東路走九遍，我們帶欣欣壓馬路，仁愛路圓環附近的誠品書店是全臺第一家，解嚴後的一九八九年開幕，一九九九年開始二十四小時營業，加入ＫＴＶ、清粥小菜不打烊的行列。帶欣欣去朝聖忠孝東路上的ESPRIT旗艦店，我和姊姊從父母那裡騙來的補習費，有大半都進貢給這個品牌。ESPRIT發跡於舊金山的嬉皮區，八〇年代被香港商人引進港臺等地，成為全球化的品牌，在Zara等快時尚崛起前引領一代風騷。林青霞最終沒有嫁給二秦（秦漢秦祥林），而是作了ESPRIT的老闆娘，情歸香港成衣商。欣欣家裡就是做服裝批發生意，她看到ESPRIT的標價，不以為然地吐了吐舌頭。

欣欣飛過來沒多久，五月二十一日，在任內施行白色恐怖逮捕異議分子，掌權長達三十二年的獨裁者蘇哈托終於辭職下臺，十萬名學生、群眾占領街頭與國會大廈要求改革，世紀末來臨之前，印尼開始進入民主轉型階段。

蘇哈托的上臺與下臺皆充滿血腥與煙硝，一九六五年九月三十日，冷戰期間印尼發生「九三〇事件」，一批左翼親共的軍官，被指試圖叛變、殺害軍方首領，而後被整肅，陸軍戰略指揮官蘇哈托趁勢奪權，取代一向親共的印尼開國總統蘇卡諾。「九三〇事件」的後續效應，是一九六五到一九六六年的民兵、軍隊肅清共產黨的大屠殺，以反共之名剷除異己，造成五十萬人死亡，其中包括許多加入工會組織的華人。那場殺戮中，同時也伴隨大規模的強暴。

欣欣出生在蘇哈托掌權之後，一九六七年蘇哈托上臺後關閉華文學校，禁止華文報刊書籍，禁止公開慶祝華人節日，華人為了逃避種族歧視，將身分證上的名字改為印尼名。欣欣不像父母輩能讀寫中文，她的名字是印尼名，母語是印尼文，「欣欣」只是在家裡叫的小名，她實實在在成為印尼人了，和我們這兩個臺灣長大的堂姊只能透過英語溝通。

一九九八年的暴動承接一九九七年亞洲金融風暴，印尼經濟重挫，通貨膨脹嚴重，最後一根稻草是蘇哈托在國際貨幣基金組織的壓力下，取消物價補貼，並且調高汽油的價格，引爆民怨。蘇哈托的支持者為了轉移焦點，找出「替罪羊」，將矛頭轉向華人，和蘇哈托交好而取得壟斷特許事業，曾經是亞洲首富的林紹良，在暴動期間旗下企業大廈被暴民夷為平地。還有許許多多像叔叔嬸嬸一樣做生意的華人亦受波及，叔叔做成衣批發，在中國城的市場有五間店鋪，只能拉下鐵門，聽天由命。

欣欣待滿一個月就回家了，她先苦後樂，從逃難變成觀光，見識九〇年代末物慾橫流的夜臺北。臨行前依依不捨，約好明年臺北或雅加達再見。再見已是十年後的二〇〇八年，我飛到雅加達參加欣欣的婚禮，欣欣高中畢業就在市場做服裝批發，婚前幫父母，婚後幫夫家，她結婚的對象是叔叔生意夥伴的兒子，青梅竹馬，家族聯姻有助雙方生意。再十年，二〇一八年我飛回去參加堂弟的婚禮，欣欣的孩子都上小學了，她和夫家的店面擴充了幾倍，還因應形勢跨足網路購物，她讓司機載我們去購物，儼然一副精明老闆娘模樣，她說等會還要讓司機去載兒子，兒子放學後去補習班學中文。欣欣是中空的一代，父母的年代還沒禁華語，兒女的年代隨著蘇哈托下臺華語解禁。學華語不是認祖歸宗，而是實用目的，她說：「中國的經濟起來了，我們常去中國批貨、做生意，把華語學好，好處多多！」

✧

暴動並不止息於一九九八年蘇哈托下臺，在政經中心爪哇島之外的其他島嶼，例如父系家族所在的婆羅洲加里曼丹，民主化轉型的陣痛，輻射出去在諸多離島發生種族或宗教屠殺。一九九七年，一群馬杜拉族（六〇年代越區移民至加里曼丹）男人非禮兩位達雅克族（加里曼丹原住民）婦女，衝突蔓延開來成了大屠殺事件，一千五百多名馬杜拉族人喪生。達雅克人挖出馬杜拉人的心臟，闔家分食，據說吃敵人心臟的戰士可以隱形。「九三〇事件」紀錄片《沉默一瞬》，採訪前殺手，他說把共產黨人的頭顱割下，用杯子在喉管處接血，每天都要喝一杯，這樣才有力量，人才不會瘋掉。一九九九年，馬魯古群島上，一名基督徒巴士司機和一位穆斯林乘客發生口角，迅速演變成島上教堂與清真寺的宗教戰爭，鄰居、同事、血親、同學、老闆與顧客互相砍殺，五千人遭到殺害。一九七五年脫離葡萄牙獨立，一九七六年成為印尼其中一省的東帝汶，一九九九年在聯合國的監督下舉行民族自決公投，投票結果將近八成的人贊成獨立。印尼軍方與反對獨立的當地民兵接著展開報復行動，共有一千四百多個東帝汶人被殺害，三十萬人流離失所。

千禧年將近的印度尼西亞群島塗滿血色，多災多難。在臺灣，跨到下一個世紀的憂慮來自電子數位世界，Y2K千禧蟲危機，停水、斷電、銀行癱瘓，甚至導致核電廠發生事故，核武器與核導彈失控，世界末日的圖景，只因為電腦程式裡日期的設定為六個數字（年、月、日各兩個數字），那麼一九九九年跨到二〇〇〇年，依照原本的設定，「〇〇年」電腦將會判讀為一九〇〇年，回到世紀的原初，歸零淨空。千禧蟲抓的是電腦程式的bug，口號說得朗朗上口，在尋常百姓那裡，千禧蟲演繹成真正的蠕蟲，一種傳染病，江湖術士賣起驅蟲藥，世紀末人心浮動騙術橫行。二〇〇〇年一月一日早上起來，什麼事情都沒有發生，飛機升空，銀行開門，太陽依然升起。

一個關於鐮刀的故事。

《繁花》的作者金宇澄有一篇散文叫作〈我們並不知道〉。寫文化大革命期間，知青下鄉，到北方荒寒的農村開墾。有一個知青是金宇澄的同鄉，都是上海人，這個人的綽號叫大烏龜，做事懶懶散散，隨身帶一把口琴，有種吊兒啷噹的調調。過慣都會生活的大烏龜很快逃離農場，四處浪蕩，靠乞討偷竊、吹口琴賣藝謀生，「白天撿菸頭抽，晚上靠住小飯鋪尚有餘溫的爐邊取暖。」

喪家之犬走投無路，大烏龜又回到農場，正值麥收時期，一望無際的金黃麥田，在勞作者眼裡沒有任何的詩意，「麥子熟透了，在月光下發黃，沉甸甸的毫無美感，廣闊的麥田，是無垠宇宙下的一種黃禍，蓬勃的黃色植物與無窮盡的面積，成為盤據人心的一種巨大壓力。」

夜裡人人都磨刀，只有大烏龜兀自吹著口琴，不把這件事放在心上。隔天一大早，大家帶著昨夜磨好的刀出發，刀被磨刀石磨得鋒利，一不小心就會割人，所以鐮刀外都用護套罩住。只有大烏龜的刀沒有，那是一把生鏽的刀，還折斷了一截，恰巧和他的身高等高。這把刀是大烏龜臨時從馬廄裡拿來，久無人使用，他也不在乎，慢吞吞地落單在隊伍的最後方。走到一段小徑，不少蟾蜍鑽出草叢，抱緊交配。大家都避開這蟾蜍，不去打擾自然界的規律。只有大烏龜用鐮刀的刀柄，一下又一下地搥擊這些黏稠的小生物。天地不仁，以萬物為芻狗。邋遢頹唐的大烏龜難得可以成為那「天地」，正在交配的蟾蜍不會明瞭，有雙從天而降的上帝之錘，可能正達到高潮的時候，瞬間就結束牠們的生命。有些蟾蜍逃走了，有些沒有。命運的隨機輪盤，掌握在大烏龜手中，忽然，大烏龜自己也倒下了。

死神開的第一個玩笑，在那把隨手撿來的砍刀長度，恰巧與大烏龜身高等高，刀鋒橫陳在大烏龜脖子後頭，隨時準備招呼他。儘管如此，那是一把鏽刀，不小心碰觸到，也不會那麼致命。大烏龜如孩童般捉弄小動物的惡把戲，才真正將他送入死局。他拿著鐮刀一上一下搥擊蟾蜍的動作，看似自由意志，其實是死神暗中操縱這懸絲傀儡，殺戮的同時也啟動了命運的輪盤機關，「這具大鐮刀，是一架斷頭臺，一直在他腦後上下運動，等待他，候著他的脖頸……最後一次，是他走到一軟泥深處，刀口，也終於劃開了他年輕光滑的頸子，……他的頭掛在了前胸。」

全文以這樣一句話結束，「可要小心生鏽的快刀了，有時候，人就這樣嘻嘻哈哈，其實是在刀鋒上跳舞，自己卻不知道。」

〈我們並不知道〉也是這本散文集的書名。「我們」是全稱的用法，該死的是交配中的蟾蜍只顧貪歡嗎？是大烏龜漫不經心施展著上帝之錘，處死蟾蜍的同時，也同時處死了自己？都不是。「在刀鋒上跳舞，自己卻不知道。」指的是金宇澄經歷文革的一代人，他們自身的經歷，或者他們下一代的經歷。文革是中國的一場浩劫，最恐怖的不是死亡，而是那些批鬥、清算你的人，都是你的學生、鄰居、同事、至親好友。

那樣的傷痕甚至會遺傳給下一代，我曾採訪中國藝術家徐冰，他的父親原本在北大歷史系教書，文革時被批鬥得厲害。

他說：「有次我和朋友在一起時，街上突然變得混亂。我們看到一些拿標語、喊口號的人，後面還跟著一大群被遊街的『黑幫』。我的朋友覺得很興奮，但我沒法看下去了，因為我看到第一個黑幫分子就是我父親。他被勒令穿著一雙巨大的鞋，那雙鞋非常重，所以他只能拖著走。」

徐冰從小生長在北大校園裡，白淨斯文的一個男孩，人生中第一次巨大的羞恥經驗，就是眾目睽睽之下，父親必須拖著走的那雙巨大的鞋。那就像是瓦昆．菲尼克斯所飾演的小丑，一開場，他就穿著一雙巨大的木鞋在一間商店前又唱又跳，街頭頑童把他的牌子搶走了，他穿著巨大的木鞋追趕，那讓他好像長了一雙唐老鴨的腳，不良於行，於是會讓人覺得他的那雙大腳，比他臉上扮演小丑所塗抹的油彩，更具娛樂性也更有悲劇性。

羞恥經驗在當下很難堪，但對於創作很重要，甚至可以說是創作的養分。少年徐冰為了要洗滌血緣上的汙點，他在學校裡拚了命寫大字報，做美工，把拿來批判的大字報用美術體寫得又工整又好看。他說：「我對政治很不敏感，但我可以把字寫得很漂亮。」

一個關於撞擊的故事。

二〇一九年夏天，我受邀到吉隆坡評審花蹤文學獎，正逢榴槤產季。

我上一次吃榴槤是三十多年前，每年暑假父親都會向他工作的華航申請免費機票，拔營離家，拖著我們到東南亞浪遊。記得是在曼谷，父親喜孜孜買回一顆榴槤，帶回旅館房間分食，刺蝟般的硬殼裡藏著卵黃黏稠之心，父親將那顆心剝出，硬逼我吃下。撲鼻的硫磺味以及軟爛的口感，都不會是小孩子能懂得的「美食」，姊姊馬上拒絕丟在一旁，父親瞪著我，我憋氣吞落，我愈是皺起眉頭，父親就愈能享受那種凌虐他人的快感，他將姊姊丟開的那一塊拿到我面前，「把它吃掉」。牛肉也是我的禁忌，剛出生算完命母親就不讓我碰牛肉，父親總會利用母親不在家的時候，夾一塊牛肉，「把它吃掉」。父親嘴角帶著笑，更讓我覺得不寒而慄。吞掉第二塊榴槤，還有第三塊在等著，此時去浴室洗漱的母親裹著浴巾出來，才中止我的「餵食秀」。

二〇一九年夏天在吉隆坡，評審會議結束，主辦方特地帶我們去吃榴槤，大馬路旁搭起塑膠棚，像流水席一般擺滿桌椅，檯面上高高低低展示各式品種的榴槤。

選好榴槤，商家給我們吃手扒雞的塑膠手套。中研院的李教授也是花蹤評審，他在馬來西亞長大，知道貓山王正值產季，千載難逢，一頭銀白頭髮的李老師笑得合不攏嘴，那是一種簡單純粹，孩子般的快樂，感染了我。眼見李老師吃得樂開懷，我暫時放下童年時的恐懼，入境隨俗挑了黑刺（品種之一），意外覺得很美味，入口即化，帶著淡淡的威士忌酒香。我忽然就瞭解父親的鄉愁是怎麼一回事。

馬來西亞美食作家說，真正好吃的榴槤，在果園裡。榴槤不能強摘，要等其自然落地，在撞擊地面的那一瞬間，二十分鐘內榴槤的果肉會完成發酵，是最美味的時刻。因此中國富豪要包下整座榴槤園，產季才飛過來，在果園裡辦宴會，美酒佳餚，夜夜笙歌，守株待兔，等著捕捉果熟墜地的那片刻。

榴槤絲毫勉強不得，是很有個性的水果。從撞擊到發酵，形成多層次的餘韻。這味道居然是來自那麼痛的撞擊，才形成如此豐饒的味覺。疼痛成就了果中之王。

我回憶起小時候的一次撞擊經驗。某年暑假在吉隆坡，我們從簡陋的廉價旅館出發，來到最繁華的商業區，如同每一次的家族旅行一樣，父親和母親在路上起了嚴重爭執，父親狠狠地踢了母親一腳，母親在熱鬧的街上嚎啕大哭，「撞擊」我幼小的心靈。

我們一家四口，瞬間進入異國烈日下的肥皂劇場，母親在哭，路上有印度人有馬來人有白人有華人各種膚色的人，一二三木頭人，所有人停下他們的腳步，盯著我們看。母親的腳應該很痛，她哭得很淒厲，但第一時間我無法感受她的悲傷。

我只覺得很丟臉。

在人生地不熟的異國，母親在語言上是弱勢（父親會說英語、印尼話、馬來話），經濟也完全由家裡唯一有在工作的父親掌管（婚後母親辭去工作）。母親只能待在原地不動，展示她屈辱的姿態，連同我和姊姊都像不能動的木頭人，一起暴露在各種好奇窺探的眼光裡。

像日本《料理東西軍》那個節目，父親和母親，要選哪邊？一向懼怕父親的我，對選擇母親有點遲疑，都知道要跟住父親。父親在臺北陰陽古怪，一旦回到南洋，回到他出生地赤道劃過的婆羅洲，那毫無偏移直曬的陽光，彷彿能將他的陰暗徹底晾乾、驅散。在臺灣沒有朋友的父親，在南洋變得健談開朗許多，他會沿街尋找他喜愛的食物，用馬來話和車夫、小販聊天。

記憶如斯神奇，不必然要像普魯斯特將瑪德蓮浸泡在高級紅茶裡的優雅。記憶也可以是疼痛，是不堪，是撞擊，是榴槤的從臭變香。榴槤撞擊地面開始發酵，產生美味，父親踢了母親一腳，撞擊出我的創作欲望。那是「永遠的一天」，不曾隨著時光褪色的一天，我時常在心裡覆盤演員的表情、動作、臺詞、走位，那些旁觀的路人充滿異國情調，那個父親氣急敗壞，那個母親將自己綁在恥辱柱上，稍大一點的女孩拉住父親的衣角，小女兒無法靠近母親，也不願跟著父親走，被釘住在原地。

那個夏日趨近永恆，歷久彌新。

安妮．艾諾《羞恥》（*La Honte*）以此開場：「六月的一個星期日，中午剛過，我的父親想要殺死我的母親。……那天是一九五二年六月十五日。那是我童年時代記憶最深、最清楚的日子。在那之前的日子都只是匆匆溜過，有的也只是記在作業本上的日期罷了。」

在《如刀的書寫》，安妮．艾諾談到她的創作觀：

我需要像雷希斯的「公牛角」那樣，感受到寫作時的危險。……我在書中使用

「我」，並讓它明確地指稱我本人，屏棄任何虛構成分時，就會感受到它。寫出父親在我十二歲那年瘋狂的行為是艱鉅且「危險」的事——而且長久以來我都認為不可能做到——但我還是做了。

「但我還是做了」，一九九七年《羞恥》出版，這一年安妮・艾諾五十七歲，距離她出版第一本書《空衣櫥》（一九七四）已經過去二十三年。

一個關於排序的故事。

一九六五年「九三〇事件」以及隨之而來的大屠殺，被屠殺的很多是華人。六〇年代父親正在臺灣讀大學，我始終無法問他，他知不知道一九六五年他錯過了什麼，又躲過了什麼。父親來到臺灣之前，是加里曼丹山口洋一間中學的老師，還當過校長，這樣的知識分子可能躲不過屠殺？

父親是家族中的長孫，爺爺在華人中是比較貧窮的，他對他七個孩子（三男四女）說：我只栽培老大一個人，其他你們自己想辦法。父親以外的孩子，他的六個弟妹，讀小學的時候就要半工半讀分擔家計，上學前送早報，放學後到遊樂園兜售晚報，只有父親不用，可以專心讀書。

六〇年代中華民國僑教政策欲拉攏海外華人，父親搭上順風車到臺灣升學，第一志願是師大英語系，一則師大公費不用錢，二則日後在臺灣可以教書維生。在臺灣讀師大不用錢，仍需負擔往臺灣的單程機票費用，對爺爺來說是很大一筆開銷。父親搭上飛機，頭也不回，閃過印度尼西亞六〇年代揮過來的鐮刀。

父親同父同母的大妹，在家中與後母有嫌隙，早早離家去讀護士學校，認識她後來的丈夫，是個印尼人。印尼人也來自貧窮家庭，拿公費讀完書，後來成了醫生，在很長一段時間裡，大姑姑仍然被家族看不起。印尼人姑丈人高馬大，一九九六年臺灣海峽飛彈危機，父親躲回印尼被下了降頭，都靠印尼人姑丈去吵架，二〇〇七年父親過世，大姑姑和印尼人姑丈，是唯二來臺灣奔喪的父族親戚。

父親同父異母的三個妹妹，小學畢業，爺爺沒有錢讓她們繼續升學，日後只能在市場賣粄，做點小生意營生，幾乎無法完成階級翻轉。父親同父同母的大弟，同樣只有小學畢業，日後到離島挖礦，和非華人的印尼人結婚，死在蘇門答臘。父親同父異母的小弟，十分埋怨爺爺的「不栽培」，他咬著牙半工半讀多年，終於存了一筆機票錢，飛來臺灣讀書，小叔選了和父親一樣的師大英語系，但是他沒有留下來，回到印尼創業，娶了來自華人富裕家庭的嬸嬸。三個姑姑原本很指望小叔幫忙，小叔幫了大姑姑，被二姑姑埋怨，幫了三姑姑，被大姑姑埋怨，嬸嬸看不慣這一大家子的蝗蟲都要黏上來吸血，索性堅壁清野，斷了乾淨。至於父親遠在臺灣，印尼的窮親戚再也不是他的責任。

在三個姑姑身上，我看到印尼華人除了族群的、階級的，還有性別上的弱勢。

我出生時，來自印尼的父親已經三十六歲，當我長到十歲稍懂人事，他已經四十六歲。我所認識的父親，一開始就是中年的樣貌，長年坐辦公室虛胖肥白，完全不像那些生活在赤道帶的印尼親戚，皮膚像咖啡一樣黑。父親外表變了，身上始終還有無形的，獸的氣味，讓他在職場被孤立。

父親的大學時代是如何？青年時期是如何？我全然不得而知，只依稀聽親戚說他來臺讀書前，在印尼有個未婚妻，他大學畢業後還曾回去找她，但後來他決定回到臺灣，服完兵役取得身分，就把家鄉的未婚妻拋在腦後。

一九六〇年代就離開印尼的父親，在臺灣遇見同為客家人的母親。父親師大畢業，需義務性教幾年書，來到東勢鄉下，和高職畢業，在學校代課的母親結識。父親口拙嘴笨，教書生涯維持不了多久，轉換跑道考上華航，北上落戶於劍潭，一個低窪常淹水的，中南部移民的聚居地。在劍潭，姊姊和我出生，在我小學二年級時，又過條河，舉家遷往更市中心的城南，臺師大一帶文教區。

一個在臺印尼華僑第二代，文藝少女的養成遊戲，在城南，所以可能。

長在城南，我並不生長在一個藏書之家，父親曾經給我任何藝文資源嗎？每每進房間看到我在讀國文，或是任何中文讀物，他就會對我的額頭敲一記響栗，或是擰我的耳朵，儘管我已經是個高中生，他嗤之以鼻說那是「狗（國）文」，他對中文厭惡的態度，我只能從黃錦樹的散文〈馬華文學無風帶〉去想像父親身為「僑生」的大學時期（儘管那中間差了二十多年吧）：他的國語被嘲笑過？或者他的南洋氣質被賤斥過？

二〇〇七年父親的生命在臺灣落幕，是真真確確地失敗，太失敗了。但他仍以失敗的生命，來臺灣開疆闢土，沃養了我。

如果一九八六年，父親在華航沒被孤立排擠，得到雅加達機場經理那個職位，我們全家搬到雅加達。那麼，母語斷根，我的中文教育將只停留在小學畢業，不太可能在將來，以「狗文」寫作。

如今以一種人類學，或者甚至是生物學的角度，端視「父親」這個物種，儘管他以極權也封閉的方式禁錮住這個家庭，帶給我很多痛苦，但他畢竟賣力工作讓他之後的物種，能在臺北這座城市存活下來，不至於被滅絕。

參考資料

- 伊莉莎白・皮莎妮（Elizabeth Pisani）著，譚家瑜譯，《印尼etc.：眾神遺落的珍珠》（臺北市：聯經出版，二〇一五）。

其後之一：惡之花

三人病房裡有三床剛生產完的母親，我們這床被夾在中間。

靠裡離浴室最近的A床，產婦年紀大些，從她和親朋間的言談得知，晚婚，過了四十歲才生第一胎，正是在職場衝刺的年紀，責任心強。雖然剛生完，A依然手機不離身，不漏接工作事項，講電話時，口中夾帶幾個英文單字，上市發表會在即，新產品和她的新生兒一樣金貴，需要呵護。

A的丈夫看起來年紀比她又大一些，頭髮灰中帶銀，抱起小嬰兒像是個年輕祖父。祖父年紀的新手爸爸仍不太顯老，身材保養得宜，粗框眼鏡、馬球POLO衫牛仔褲帆船休閒鞋，不必綁辦公室的自由人，能夠在白天來探望。晚上已請好看護的A把丈夫趕回家，說他一身老筋骨，折疊床不好睡，經不起折騰。

臨窗的是C床，年輕夫妻的頭胎，兩對阿公阿嬤時常撞在一起，同時來訪，四人七嘴八舌，熱鬧非凡，各色補品湯汁淋漓，前呼後擁著床上肚子剛消風的寶貝，以及寶貝的寶貝。呵護一大一小兩個寶貝的大魔王是下班後來接手的新手父親，年輕耐操，行軍床睡得和家裡的彈簧床一樣香，只是夜裡的打呼聲大了些，明日又是一條活龍，白天跑業務，晚上奔病房。我們這床被夾在中間，像是兩座山巔之間下陷的低谷，左右兩床繽紛熱鬧，家人、同事接連來訪，以布簾圍起的B床，恆常是靜悄悄，無聲無息。

簾幕裡頭的「我們」，並不構成親屬關係。莉莉是產婦，我是被NGO找來志工性質的看護，用棉花棒沾水溼潤莉莉乾裂的嘴唇，扶莉莉下床上廁所，幫莉莉和醫生護士溝通……莉莉對我來說，是一個全然的陌生人。我們之間沒有任何言語，並不是我不想，而是莉莉不能，她是聾啞人士，僅能與我筆談。

莉莉雖不能言語，但她的表情、肢體動作卻告訴我很多。第一晚非常難熬，莉莉整夜顫抖著，時時發出哀嚎，讓陪病的我不得安眠。莉莉啜泣時，黑暗中我翻身看向她，就只是看著她被一團黑暗裹脅，不知怎麼能給她更多安慰，我對莉莉而言，僅是一個輔具性質的陌生人。此時莉莉唯一能仰賴的，是她手上的止痛按鈕，點滴裡加了嗎啡，莉莉緊抓著按鈕彷彿攀住一根浮木，在疼痛襲來的巨浪中載浮載沉。

早上醫師來巡房，告訴我莉莉上次也是在這裡剖腹生產，兩次生產時間距離太近，這次懷孕的肚皮撐得過大（從來不產檢的莉莉，臨盆時才來醫院），幾乎快把先前的縫線撐破，醫生說莉莉最好不要再反覆懷孕，如果不能好好避孕，該考慮結紮手術。

醫師當著莉莉的面叮嚀我，莉莉聽不見，倒是吸引了A床和C床的耳朵，他們原本的談話都停了下來，眼神打量著我，開始揣測我與莉莉的關係。看起來生疏不像姊妹，其他該出現的家屬：丈夫、婆婆媽媽都一起失蹤，只有木訥的我陪伴莉莉，像孤舟在大海上漂流，靠不了岸。

莉莉需要我，在扶她下床的那一天。光是從床上坐起身，都讓肚子扯開裂縫的莉莉咬牙切齒，慢動作四分之一又四分之一秒地分解，毫釐的位移都會牽扯她脆弱的疼痛神經。

把雙腳垂在地上，接著施力，莉莉不斷吸氣吐氣，終於站起來。地球的重力像一隻無形的巨掌，將莉莉那撐大後劇烈收縮的子宮，滲血危脆的縫線用力向下拉扯。

向下拉扯，直立的人體拗折為一隻匍匐於地面的獸，如果可能，莉莉恨不得前腳著地一步接一步向前爬，飽漲的膀胱讓她的肚子傷口更加疼痛，為了要像個文明人在廁所裡排泄解放，莉莉距離廁所的距離還有三十步、十步、最後五步，終於抵達馬桶上方。坐下時又分解成許多慢動作，莉莉的手指箍緊我的手臂，幾乎將整個人掛在我的手臂上，介於直立與坐下之間的半蹲身體，懸宕在半空中。

莉莉終於艱險落座，開始解放，尿液滴漏完，我用溼紙巾擦拭莉莉的陰部，充滿皺褶與黑色素沉澱如一朵黑色山茶花，是性工作者易受傷害的身體部位。我小心翼翼地擦拭它，穿回內褲，莉莉握著扶手要站起來，又是無數個切割成微積分的疼痛讀秒。

旁觀莉莉的痛苦，讓我的身體起了一陣雞皮疙瘩，同為女性，我與莉莉的身體，仍有一層隔膜。要體會那究竟是何種程度的疼痛，除非我也去生育。我有一具「準」母親的身體，坐三望四的年紀，再不生就晚了。

✧

考完博士資格考這一年，準備開始寫論文，全球金融海嘯來襲。早幾屆畢業的學長憂心忡忡地說，現在要找個大學兼課都不容易了，何況專任教職，學長耳提面命，勸我畢業前就要先在學術期刊發表幾篇論文，還有，趕快去申請講師證。「怎麼申請？」「看有沒有大學或技術學院能幫妳申請，他們如果想請妳去兼課，就會幫妳申請。」「要怎麼讓學校願意請我去兼課？」「要先有講師證才行。」

雞生蛋還是蛋生雞，講師證無解的迴圈，將我從學術之路推得更遠，從這一年開始的十年、二十年間，將會開始流行一個名詞：「流浪博士」，尤其以文科博士首當其衝。大學經歷兩次二一退學，邁入千禧年之際，我終於順利從淡江中文系夜間部畢業，同年考上師大國文研究所，順便修了教育學分，碩士畢業後實習一年取得教師資格，我逃掉最後一關教師甄試。為了堵住母親的嘴，隨即報考三家中文所博士班，只有臺大一家通過筆試。

臺大第二階段口試前，母親又去找了算命仙掐指一算，算出我要在有陽光的中午出發，從家裡往北走大約一千公尺，在路邊的花圃摘採有十字對稱形狀的植物，口試當天將植物帶在身上。

放榜日，我正取臺大中文系博士班，母親笑得合不攏嘴，房家要出一個博士了！成績單寄來，筆試成績低空飛過，錄取全靠口試成績拉高，奇門遁甲居然有效。口試有三位教授，主試我的林麗真教授給我高分，讓我得以擠進窄門。

在博士班我修習人類學課程，讀弗雷澤《金枝》，有一種身分叫作「人犧」，在以牲口殺祭之前，有以人犧牲的原始習俗。人犧大多是奴隸、戰俘，或者隨機從道路上綁架而來，讓其吃好穿好，當成神靈一般膜拜，時候到了就帶到邊境蠻荒之地，折斷手腳，任其自生自滅，成為野獸的吃食。

也有自願的人犧，在犧牲之前可隨心所欲、恣意行樂。在大街上看到什麼好吃的好玩的，隨手拿取，不用給錢，碰見什麼驚世美人，攬腰一抱，美人自動獻身，不得怠慢。這樣榮華富貴、荒淫無度的好日子，短則七天、十天，最長可達一年。弗雷澤說：「十天、七天的時間已被認為是很長的拴羊繩索，足供一頭瘦瘠倒楣的羔羊悠遊享樂，計時器中的幾顆沙粒滴落的時刻，已足夠虛度一生寶貴的年華者臨終前的耽玩。」

我始終沒告訴母親，我讀博士的目的，只是以學術之名為幌子，繼續過著讀閒書看電影，胸無大志，無所事事的高等遊民日子。

來日將有大難，金融海嘯過後流浪博士哀鴻遍野。幾年後，我終究沒讀完博士，因緣際會當了記者，採訪綠色小組關於黨外時代街頭運動而知道了錫安山新約教會，讀到陳忠成先生的口述歷史。陳忠成曾為臺大中文系講師，後來成為新約教會牧師，在一九八五年底的錫安山機場事件中遭警察打斷肋骨，大便失禁。

讀資料讀到，主試我的林麗真教授是陳忠成的妻子，八〇年代在臺大中文系教書，負責養家，假日才能帶女兒南下與丈夫相見。一九八二年八月，警察在小林河灘暴力驅離事件，林麗真也在場，她在口述歷史裡說：「當晚我剛好帶著五、六歲的女兒去小林河灘看她爸爸，一家三口住在一個帳篷裡，半夜我被強光射醒，我丈夫被帶走，我也同時被帶走，與其他信徒一同被押入囚車，載到小林國小，只留下小女兒在帳篷內，後來帳篷內冒煙，因蚊香推倒了，險起火災。」

對於在學校內的處境，林麗真說：「有些同事或是學生也會用『反政府』這類異樣的眼光來看待我們。」

千禧年過後的臺大課堂，修習一整年的魏晉玄學研究，我從來不曾在課堂上聽林麗真老師提起錫安山的過往。

護士將小嬰兒送來餵奶，莉莉因疼痛而經常扭曲的臉，被嬰兒的暖香熨平，眉間才稍微舒展開來。唯有此時，我才能好好看著莉莉的臉，莉莉二十出頭原本的少女樣貌。男嬰的塊頭不小，看起來比其他新生兒個子大，食慾充沛，小嘴如磁石吸上媽媽的胸乳就不肯放，吃完奶就讓護士接走，莉莉還在與疼痛奮戰，沒有餘力多抱抱他，也不像隔壁兩床有一家子長輩搶著秀秀。男嬰被抱走時健壯的大腿奮力踢著，剛離開莉莉柔軟的胸懷，哇哇地大哭起來，但莉莉聽不見。

莉莉在紙上寫，上次生產完沒多久，又回到街上，在後巷攬客。當流鶯之前，莉莉做過洗頭小妹，每天工時長達十二小時以上，全年只休春節初一初二這兩天，月薪不到八千。因為喑啞，莉莉升不上設計師，只能認命洗頭，把手洗皺洗爛洗破，好不容易存了一筆錢，卻拿去付墮胎的費用，一而再，再而三。

「孩子的爸爸是誰？」

「之前的？還是這次的？這次不曉得是客人還是我男友的。」

「那之前的呢？」

「有一個送養，其他墮掉了。」

第四夜，莉莉的疼痛稍稍歇止，拿起擺在床邊的筆記本，想跟我多說說話。莉莉寫，這次她不想將小孩像上次那樣送養，儘管每次懷孕都不是她自願，未成形的墮掉就算了，生出來的小嬰兒抱在手裡，她希望這次能留住他久一點。

「妳為什麼想留下他？」

「我男友因為吸毒坐牢，他出獄後會幫我養小孩。」

「男友不會介意小孩可能不是他的？」

「他和我一樣聽不到，他能夠瞭解我為什麼逃家，去做那種工作。」

莉莉寫，家裡有親戚會欺負她，吃定她說不出來，一而再，再而三，還不只一個人欺負她，他們輪流，完畢後她讀著他們的唇語，說著類似的話：敢講出去妳就完蛋了死定了妳媽早就跑掉了沒有人會相信妳的話，第二次、第三次、第四次、第五次……之後他們只是塞零錢塞餅乾糖果，什麼都不說了。

洗頭妹莉莉，懷上親人的孩子都不敢說，後來連墮胎的錢都付不出來，莉莉逃家，來到街上，是性工作者中最底層的站壁流鶯，三不五時懷孕。客人像泥鰍一樣滑溜，就是不願意戴套，好言相勸都不一定肯了，更何況莉莉啞口難言。

莉莉寫得又快又急，忍著痛寫出歪斜的字體。莉莉寫，她想離開街上，不想再給不戴套或白嫖的客人欺負，但她的選擇不多。莉莉寫，很羨慕我，她很好奇大學生的生活是怎麼樣的？以前工作的髮廊在文教區，常有大學生來剪頭髮，莉莉寫，看到她們手上的精裝書，都是她看不懂的英文，好像天書，她幫大學生洗頭，雙手觸摸肥皂泡泡底下的那顆頭顱，一定裝著很厲害的東西吧！莉莉以為我是大學生，其實我比莉莉還大上十歲，只是生活不曾磨礪，讓我看起來年輕。

我沒有對莉莉說，其實我已經考完資格考，準備寫論文，具有「博士候選人」的資格。我沒有對莉莉說，我也有我的煩惱，儘管我的煩惱在她的痛苦前簡直不值一哂。我擔心畢業前的發表次數、論文點數、講師經歷、海外交流，努力將學術價值充飽，將來這都要秤斤論兩，待價而沽。這些都是我該戮力而為的，我卻跑到NGO

當志工，當陌生人的免費看護。

我擔心即將面臨的流浪博士命運，一轉頭親戚們就忍不住閒言閒語：女孩子讀這麼高有什麼用？讀的還是中文系！出來還不是找不到工作，快要變高齡產婦！不如趕快去生小孩。

生下一個孩子，能不能解決我的難題？沒有拿到博士學位無所謂，找不到教職也無所謂，「母親」就是一個職業，唯有這個專職可以證明我存在的價值，可以原諒我學術路途的虎頭蛇尾、半途而廢。

莉莉寫，她還在考慮，要不要將孩子送養，她連買尿布奶粉的錢都沒有，出院後就要投靠未婚媽媽之家，但在那之後呢？莉莉寫：到時候再說吧。孩子或許有著預感，預感母親的臂膀並非他可長久停泊的港灣，他不曾聽過母親的聲音，也許他會記得母親的味道，成為一種史前記憶，愈來愈模糊，直到埋入潛意識的最深層。

生孩子的逃脫術，在我腦海一閃而過。我並不是真想生個孩子，而是想靠生孩子逃脫一事無成的處境，這樣自私的人，不適合生養後代吧。博士生是學院食物鏈最底層的奴工，幫老闆做事奔忙勞累，我反覆發作子宮肌瘤大出血的症狀，身體怎麼能流這麼多血？我只感覺那些生育的細胞，亟欲從我自私的身體內叛逃出亡，不能著床的卵子，空落的子宮內膜，大批崩離脫落。

✧

父後週年忌日，我飛到雅加達，再轉搭國內線小飛機到坤甸。飛機第一次起飛，接近婆羅洲時天降大霧，原機折返，第二次飛才成功著陸。從坤甸還要搭五、六個小時的車才能到目的地山口洋，沿途路況坑洞顛簸，還有惱人的尖刺喇叭噪音，這些都不令我苦惱，我只擔心找不到地方上廁所。

那些年反覆發作的子宮肌瘤問題，好巧不巧，人在印尼又來湊熱鬧。出國前在行李箱備了幾片衛生棉，完全無法應付每半小時就要跑廁所的大出血。在雅加達的時候，我厚著臉皮要嬸嬸幫我買衛生棉，嬸嬸給我一包，我說不出口，一包完全不夠用呀。

叔叔帶我飛婆羅洲，面對男性長輩我更說不出口，為什麼我要這麼頻繁地上廁所。車行到了沒有商店餐廳的荒僻地區，我們還必須跟一般人家借廁所，我懷著飽脹的子宮侵門踏戶，四處綻放暗紅色血花。

血，總也流不完。夜裡住旅館，沒有夜用型衛生棉，我只能用報紙層層墊在身體下方，夜裡輾轉不能安眠，就怕弄髒床鋪。隔日晨起，叔叔帶我到背山面海的沙灘，叔叔說這白沙灘不輸馬爾地夫，只可惜山口洋交通不便，無法吸引觀光客前來。碧藍海水襯著潔白沙灘的確很美，還沒受商業化侵蝕，但是我又想上廁所了，感覺經血快要沿著大腿內側流出來，滴在那白沙上。

在海邊我終於找到廁所，與其說是廁所，不如說是茅房，是我此生以來見過最骯髒最噁心的廁所，幾乎無處可下腳。我憋住呼吸，排入溝渠，匯入婆羅洲，在父親過世後的週年忌，挑戰文明清潔的界線，彷彿一種試煉，似乎要一股腦地剔骨還父，流血反哺這塊曾經哺育過父親的土地。

我忽然想起出國前，陪病的最後一天扶莉莉下床，啪地一聲，兩腿間流下了一灘暗紅色夾雜著血塊的惡露，護養新生命的胎盤胎膜功成身退，化作春泥，泥地裡不曉得能不能開出一朵花來？

其後　之二：施與受

不是害怕，也不是畏懼，而是他再熟悉不過的空無。世物皆空，人也不例外。需要的，不過是光，還有某些程度的乾淨與秩序罷了。

——海明威《一個乾淨明亮的地方》

阿丹把頭髮剪短，身上不再有貓抓痕，衣服上也沒有尿騷味，被他從街上拎來奶大，相依為命的貓咪「小唯」走失了。從前他會讓小唯站在肩上，阿丹將近一百八十公分的高壯身材，讓小唯彷彿站在一棵巨樹上，貓眼看世界，俯瞰著底下的人流風景。

取名小唯，因為是阿丹的唯一，這不是小唯第一次走失，上一次在除夕當天，我幫阿丹到處找貓，差點耽誤舅舅家的團圓飯，事後被母親訓了一頓。配著佛跳牆扒飯的同時，阿丹還在外面找貓，流浪多年的阿丹沒有團圓飯，他最重要的東西在除夕夜這天丟失，彷彿一則隱喻。

這一次把貓弄丟，阿丹表面上看起來風平浪靜，也許斷捨離對他是件好事。他不再那麼邋遢，身上看起來乾淨，甚至可以算得上清爽。從前阿丹堅持不讓小唯——這隻虎斑小公貓結紮，「是像弟弟一樣的家人怎麼可以結紮，我還想找隻母貓讓牠有後代，做我不能做到的事」，阿丹信誓旦旦地說。貓尿時常噴得阿丹滿頭滿臉，在網咖的廁所裡，阿丹將衣服脫下來草草沖洗，等不及乾就穿回身上，利用體熱烘乾，長久下來，他的衣服總有種半溼不乾的霉味。每次我見到他，都要忍住想要皺縮鼻子的衝動，阿丹確實很不好聞，大約在相處一小時之後，我才能慢慢習慣他身上的騷味。

這次，阿丹乾乾淨淨、清清爽爽地來赴約，反而讓我不太習慣。他穿著紅上衣，藍色運動褲，斜背日常販賣《大誌》雜誌的寬袋，一個大水壺用童軍繩綁在身側的袋子上，還有一個裝錢的小包包，阿丹總將之置於身體前側，視線所及之處，貼近心臟。

赴約之前，我先到超市買了一些泡麵餅乾，無可避免的婆媽心態。阿丹看見裝滿食糧的大塑膠袋，反而面露難色，他說大包小包太明顯，讓他在棲身的網咖易被驅趕。三十出頭的阿丹還處於隱性街友階段，「辨識」度尚低，勉力維持，如履薄冰。他在網咖不敢趴下來睡太久，每次使用廁所、在內洗滌也要提心吊膽，大包小包的東西被店員丟過幾次，他後來覺得丟了也好，提著塑膠袋超過三個以上，就足以讓他被辨識出來。阿丹說，他的確無家可歸，但還沒有到「那種程度」。

✧

阿丹搭捷運來找我，中山站是熱門大站，人來人往，我們約在人潮最巔峰的晚上七點。公園裡有年輕人抱著吉他自彈自唱，前面擺一頂倒扣的紳士帽讓人投銅板，年輕人立了紙牌說，想要出國留學，請助他圓夢。

我和阿丹各據石椅兩端，我將我的包包放在中間，藉此和他隔著一小段距離。阿丹身上其實沒有什麼味道，這大概是我遇見他，他身上最乾淨的一次。為什麼不想靠近他？今天的阿丹不同以往，我感覺他的眼神時不時有意無意地，滑過我的胸口，夏夜晚上，白天積聚的暑熱仍未消散，曝曬一整天的水泥石椅，過了傍晚還帶著微溫，熨貼著我穿短褲的赤裸大腿。我穿著一件領口寬鬆的上衣，胸部的線條如丘陵般緩升緩降，過了求偶期的中年女人，我上一次意識到自己的胸部，是什麼時候？不記得了。今晚我有種不太對勁的感覺，阿丹的視線彷彿會燙人，我將胸口往內拗折，拗成駝背的樣態。我一直以為我和阿丹之間，是記者與受訪者，有家者和無家者的區別，我從未意識到性別，男女天生體型力氣上的差異，我面前的這個男人一百八十公分高，體重將近一百公斤，十年以上沒有親密關係，上一次交女友是在二十出頭，阿丹還在便利商店打工，年輕人之間純純的愛。

除了眼光，阿丹今晚的言語帶著刺，像杜斯妥也夫斯基《地下室手記》裡那個對社會充滿憤怒與惡意的人。平常的阿丹不是這樣，有段時期他很關心各種不公不義的事件，太陽花運動期間也曾跑到立法院周邊，長久的孤獨，包容性強的社會運動給他歸屬感。

運動結束，政黨輪替，年輕人歡欣鼓舞，組織者走進國會，阿丹猶然孤獨。無家者常以泡麵果腹，隨著身軀愈來愈肥胖，他本人有種溫吞感，對生活不太積極，《大誌》雜誌他換了好幾個販賣點，都是因為三天打魚兩天曬網，下雨或天氣炎熱就不出去賣，原先市中心的據點只能拱手讓人，他退到愈來愈遠的邊陲。今天他從新莊進城，搭捷運一趟要五十元，對他來說是不小的開支，以往都是我去找他，因為工作死線在即，我請他搭捷運到市中心，我除了跟他買雜誌，還會付他來回車資一百元。

和阿丹的金錢往來，在施與受的天秤兩端，我盡量讓自己傾向於朋友間的道義相助，而非施捨者。單向的施捨，是便宜行事的粗暴行為。不輕易掏錢，拿錢出來要有名目，例如過年包個三千塊的紅包，名正言順。雜誌多買幾本，多掏個兩、三百塊，說是要買給朋友，其實翻也沒翻都進了回收箱。阿丹在臉書上喊窮，一次兩次三次，數到三，我就會在寒冬裡帶件厚外套，或者在超市搜刮便宜泡麵再夾帶幾盒水果（阿丹嫌水果貴，很少買來吃），一股腦地全塞給他。買太多會造成他的困擾，拖拉著大包小包他人溢出的關愛與母性，無處存放，反而更像一個人人避之唯恐不及的流浪漢。為什麼不直接給錢，讓他自己去買？我總覺得太輕易掏錢出來，我和他之間的這段關係就「髒了」。在都市餓不死人，阿丹不那麼急切需要那些物資，他最希望的是友伴，是和朋友能到餐廳吃一頓飯，聊一下天。

後來我發覺，不傷害阿丹，最能平等以待的方式，是一起去餐廳吃飯。阿丹說他即使有錢，一個人去餐廳吃飯，都要先遭受服務生的目光攻擊，以及其他客人的嫌惡表情，足以讓人徹底打退堂鼓。

我和阿丹上餐廳那次，他的衣服沒有比較乾淨，氣味也沒有比較好聞，但很神奇地，我的存在，一個正常人的陪伴，像一張濾網，篩住阿丹的野獸氣味。鰻魚玉子燒、鮭魚泡飯、明太子馬鈴薯、裹著蛋黃塔塔醬的南蠻炸雞……點餐時，阿丹的口氣並不好聞，他一張口就是幾乎全黑的爛牙，負責點餐的服務生並沒有皺起眉頭或面露不悅。我豪氣地說，想吃什麼盡量點，阿丹點完後我又繼續點，足足三、四個人的量，料理擺滿一桌，像是誇富豪的盛宴。我說，吃不完可以讓你打包回去，阿丹一聽到打包，身體重心就往後移，離開燈光下，躲入陰影中，臉上飄過一朵烏雲，神情陰鬱就要下起小雨，我知道，他不喜歡我一直塞食物給他，好像把他當作一具餿水桶，他是有血有肉有情感需求的人，人除了吃飽，還有許多需求。

人除了吃飽，還有許多需求。坐在公園石椅另一頭的阿丹對我說，最近在賣雜誌時幹了可恥的事，我問他是什麼事？他不明說，但我隱約感覺和性有關。

阿丹那陣子在網咖看了大量的日劇，他都挑男女戀愛成家的劇情看，阿丹說他很渴望成家。從小父母離婚，阿丹歸父親撫養，父親經商失敗後欠了一屁股債逃往中國，親戚都是父親的債主，沒給過他好臉色，將阿丹這顆人球踢來踢去，有一陣子，還將他與罹患精神疾病的姑姑關在一起。阿丹說，姑姑會一直用頭撞牆，還會揍他，但家人仍然把他們關在一塊。祖母過世後，阿丹頓失所依，便利商店、加油站、保全都做過，漸漸付不出房租，一次生病時曠職，就跌落底層。

棲身網咖的阿丹花很多時間上網，透過臉書，我可以知道阿丹最近在哪裡販賣，經濟情況如何，當他在捷運站出口賣雜誌突然遇到警察刁難時，也會有不少如我這樣萍水相逢的網友拔刀相助。

有一次，阿丹在我的臉書發文底下和別人吵架，另一位朋友主張要幫街貓TNR（誘捕，結紮，放回），這犯了阿丹的大忌，他開始與人激烈筆戰，就快要失控。我透過臉書後臺訊息跟他解釋，那位好心建議TNR的朋友長期在社運場上做外籍移工救援，是個好人，能否給我一點面子，不要在我的臉書頁面上吵。

阿丹說，那個人對我不禮貌，在外面別人都是這麼對我呀！

我說在網路裡沒有人知道你是誰，即使知道你無家可歸，我的朋友也不會因此而貶低你。我只想在我的頁面上有理性的討論，而非情緒性的謾罵。

阿丹聽了之後，暴怒起來。他說：別人的觀點是觀點，我的就不是嗎？

我回他，在兩方爭吵中，我是客觀的第三者，那一次感覺他要失控了，我不想讓我社運界的朋友難堪。

阿丹更暴怒：對方是妳的朋友，我不是嘛，我比較低下，被看不起是應該的。

事後回想，我漏接一個重要訊息：對方是妳的朋友，**我不是（妳的朋友）嗎？**

朋友，一種對等的關係，朋友不是施捨者，朋友可以互相幫忙，而非單方面自以為是的給予協助，認為是在做好事。我是一個「好心腸」的記者，還是一個普通朋友？

✧

在那個燠熱的夏日夜晚，我是一個暴躁的普通朋友，阿丹的後半句「我比較低下，被看不起是應該的。」激怒我，我說「我什麼時候看不起你？」我拿起了包包要走，今天到此為止，無法再討論下去。

儘管我一直以來，都是一個很能長出「同理心」的人，阿丹在那麼艱困粗礪的環境，每天的確要遭受無數次的貶低與輕賤。

我應該要同理他，不應該為了他的話而動氣。

這一天我實在無法面對，只想趕快逃離他，因為他湧出文明界線外的獸性，已經漫淹至我這邊來。

沒有在街邊撿來的流浪貓，沒有最初吸引我採訪的無私人性，他看起來就是個肥魯宅，而且還是魯到最底的街友。我真的感覺，如果我和他約在一個四下無人之處，我真的很可有能被他肥壯的身軀擊倒。

那些從前對我總是隔著一段距離看過去的汙穢之美，波特萊爾的《惡之華》。

那些泥垢、牙爛到牙根的惡臭、黏膩的頭髮……

這些味道一齊朝我襲來，衝破我身上那道文明的界線。

摀住嘴巴，堵住雅典城邦人的滔滔雄辯，剝掉衣服，我也不過是一個年過四十，腰間滿溢贅肉的中年大嬸身材。只不過我身上的肉，瑩白肥滿，是一塊上選的晶亮五花肉。

一塊肥白五花肉，即將被另一塊發臭的爛肉覆蓋，甚至那爛肉裡最腥臭的棒子，將穿刺過來。我且恐懼，那不只是侵犯，而真是髒，我日日沐浴的儀式已鍵入基因，一天不洗澡就渾身上下不對勁，身體徹底中產階級化的結果，是對於「清潔」的執念與焦慮。

我習慣在夜深的路上行走，何以膽敢如此？在生物體系裡，女性趨於弱勢，我尤其有一雙纖細的手腕，名副其實的手無縛雞之力，拿筆雖綽綽有餘，但任何一個從暗巷裡像蚱蜢一樣竄出的男人，都足以將我徹底穿刺，不用五分鐘的時間。

夜路走多了，我的確碰過一次，接近天亮的凌晨四點，我正準備走回家，在大馬路旁的小公園，有個穿著黑夾克的男人，上半身隱入黑夜，使我一時沒發覺有人，等到走近了，那是個有月光的夜晚，男人瑩白裸露的下半身在黑暗中顯得醒目，籠罩在一層朦朧的光暈中，那看似柔弱的，軟趴趴的還未勃起的陰莖，其實是男人未發射的武器，只要路過的女子花容失色，甚至驚聲尖叫，男人什麼都不做也能享受快感。我若無其事地走過，其實心臟如博浪鼓般敲擊，我寧願看見男人全裸，而非上半身著裝，下半身赤裸的陰陽失調，那有一種說不出來的怪異，而猥褻的感覺就出自這怪異。

✧

炎夏夜晚，臺北水泥盆地熱氣凝結成塊，此時此刻我只覺得憤怒，當他已經別過頭離開，我望著他的背影，補上最後一句話：「可是你還是拿了我的錢。」

原形畢露，自以為是的施捨者終將把一切討回來，「可是你還是拿了我的錢。」這句話像一根尖銳的箭矢，正中紅心，刺中一頭狂暴的黑熊，負傷之後持續叫囂，那種從前我在街上總無法理解的當街叫囂，從前我是看熱鬧的人，冷眼旁觀的人，快速走過以免遭到池魚之殃的路人。

這種事情，怎麼會發生在我的身上？

阿丹狂吼：「這是妳訂雜誌的訂金，不是妳給我的錢！」

他把錢掏出來，連同車費三百塊，幾張紙鈔其實沒什麼重量，但當阿丹將其擲在地上，加上他千斤重的狂怒、恨意、怨念，我感覺堅硬的柏油路上會被他鑿出一塊凹洞，他發狂地喊著：

「我不要了，妳的臭錢，我要丟在這裡，妳來撿回去呀！妳回來撿妳的臭錢！」

文明人三步併兩步落荒而逃，我用最快的速度遠離他，走到逛街的人群中，我像小水滴終於匯入大海，人群成了我的掩護，但仍然不能令我感到安心，只要我覺得他還有追上來的可能，他會把我從人群中揪出來，抓住我，把三百元狠狠地甩在我臉上，用盡他的力氣，他這輩子所能想到，用錢羞辱人的方式，儘管那只是三百塊。

那錢彷彿沾上瘋癲病毒，我十分駭怕這錢這人再沾染上身，遠離了幾條街，隱約還可以聽到阿丹發狂的喊叫聲，漸漸聽不到了，我才終於找了一個角落，打開臉書，將他刪好友。

又走了幾步路，我想想還是不放心，再拿出手機，把他封鎖。現實中本就已經無任何交集，在網海中，從此我看不到他，他看不到我。

按下刪除鍵前，我看到阿丹當天稍早的臉書，這麼寫著：

「我看日劇，裡頭說一個人的童年會決定他長大之後想做什麼，我小時候（除了上學）幾乎都被關在屋子裡，所以我很渴望與別人發生關係，我很渴望成家，我很需要被需要的感覺。」

我曾經需要阿丹嗎？又或者這麼問：阿丹需要我嗎？我的施捨對他而言，有這麼重要嗎？施與受的關係，從一開始就失衡，我以為的「平等」，我和他維持的走鋼索平衡，阿丹每次小心翼翼地開口，三百、五百、一千，說是借錢，我從來沒有一次開口跟他討過，也不曾要他歸還，人情的債務較之金錢，更讓人喘不過氣來。或許我和阿丹都不需要再假惺惺地以禮相待下去。他或許總覺得欠了我，不想看見我，我和他的關係永遠不可能平等，只是我不自覺罷了，我不自覺地，自顧自地持續施捨、給予。

我們早就該天翻地覆地大吵一架，像我回去後在日記本留下的這些文字：

剛剛去看他的臉書，他說我用錢叫他出來踐踏他，我們這些有房子住的人，永遠不會理解他的感受，他在臉書上吼叫：要不然妳來睡街上看看呀！

很抱歉，我無法和你交換，我再怎樣也無法睡在街上，最後我不只將你刪友，還將你封鎖，從此之後山是山，海是海，我看不見你，你看不見我。

我不能忍受，讓你來破壞我的平靜，你懂嗎？

像我這種吃飽穿暖有房子住物質無虞精神富足的人，最害怕黏膩的關係，你知道嗎？

我渴望絕對的孤獨，我不需要任何人，過年我閃避大部分家庭聚會，與人潮逆行，躲到星巴克讀書。

你少來煩我，憑什麼我無條件在你身上付出，還不准我對你說幾句做人的道理。

看見一個落水的人，知道自己沒有力氣把他拉上來，也很怕沾溼了自己，就只是把救生圈往下丟，看他在惡水裡載浮載沉，但不至於完全沉沒。

害怕沾溼自己，是這樣的心情。

當夜微雨，我不知道連車錢都沒有的阿丹，花了多少力氣，才回到城市邊陲那讓他暫時棲身的網咖。我只希望那三百塊沒有被淋溼，能被需要的人撿走。

夜鷺，世界的反面

二〇一七年

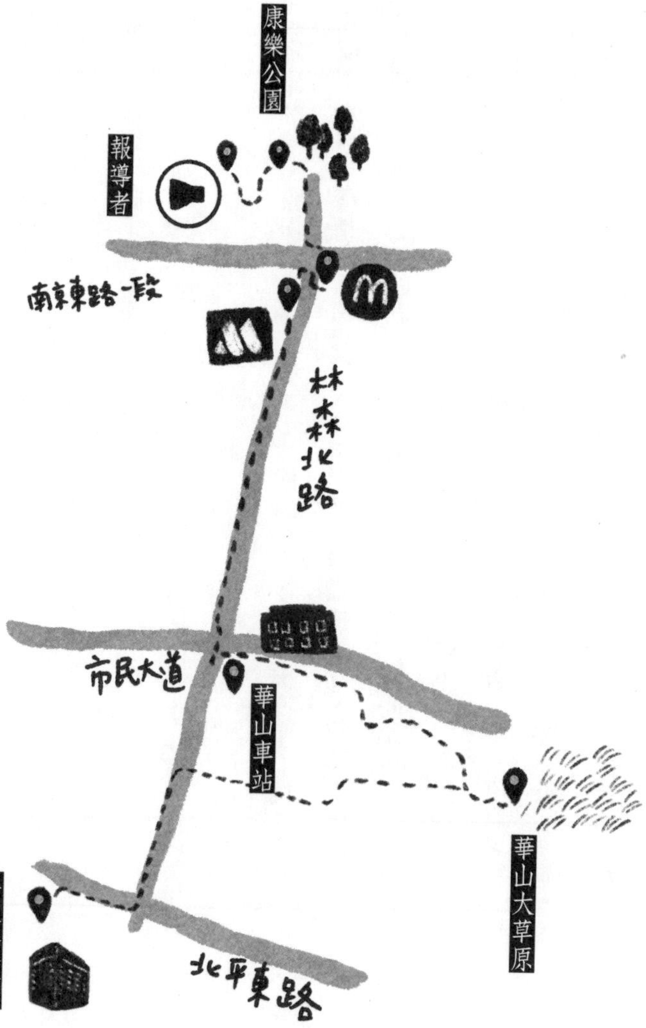

當青草在我的墳上生長，
就讓它成為人們忘記我的標誌。
自然從來不去回憶，所以它很美。
如果人們有病態的需要，想去「闡釋」我墳上的青草，
請你們這樣說：我依然蔥鬱，我依然自然。

——費爾南多．佩索亞《阿爾伯特．卡埃羅》，閔雪飛譯

從窗戶往下望，視線會先落在那一小片樹海，入夜後的樹木不若白天可親，一陣強風吹過，枝枒交疊擠壓，彷彿巨人摩搓指節，準備攫取什麼物事。

從樹冠層再往下，公園的石椅上，長髮女人每晚十一點準時出現，在此擱淺。就寢時刻，女人儀式性地換好一身運動衣，但不曾整個人躺下來，而是像小學生午休時在課桌上趴睡一般，半人高的硬殼行李箱像她的貼心護衛，女人倚靠著它，像蝦子一樣弓起的身體仍在警戒狀態：隨時可以起跑。也曾在白日的公園見過她，女人換了一身比較時髦的裝束，行李箱不知塞哪去了，冬日暖陽，女人邊滑手機，一

邊將束起的長髮披散下來抖一抖、曬一曬，或許能蒸散在公園過夜的露水氣味。

辦公室三面是大落地窗，凌晨只有我一人，窗外的樹影褪去顏色，多了恐怖，有時是深海藻荇交橫的水草，有時是巫婆的皮影戲。我困在玻璃水族箱也困在調查報導的僵局裡，離開電腦喝水上廁所的空隙，我總習慣到窗邊望一望她，看見一個歐吉桑打量她一會後，上前搭訕，讓我緊張了一下。什麼事都沒有發生，我回到我的僵局，女人繼續趴睡，我不曾下樓問她，為什麼來到這裡？露宿公園？

白日她在公園閒晃，我和她擦身而過，夜的那端的簾幕毋須揭起來，保有隱私與沉默的可能，就是最後的自由。

面容姣好的女子不知道何時離開了，也許她像過季的候鳥要尋找下一塊沒有結冰的湖泊，也許她收拾好心情「上樓」去了。穿過公園就是林森北路徹夜燈火通明的酒店一條街，美髮店到了晚上就是兵荒馬亂的戰場，十幾隻吹風機震耳轟鳴，小姐們短裙細高跟的戰裝已上膛，十指纖纖伸出讓人修指甲。曾見過神似周子瑜模樣的女孩，白瓷皮膚，精緻妝容，長髮挽起露出天鵝長頸，穿著剪裁合身的黑色Prada小洋裝跳上公車，顯得突兀，整車的人都偷偷瞧著她，瞧著她搭了一站就按鈴下車，一陣香風翩然飄過，高級酒店門口負責泊車的boy幫她打開金漆把手大門，瞬間將她吞沒。

過了午夜，吹好頭髮的小姐紛紛上樓，喝酒划拳拚搏。我剛完成報導的拚搏，頭昏腦脹，關上電腦，準備走長長一段夜路回家，藉著行走，將運轉過熱的腦袋慢慢冷卻，回到家完全關機後，才能入睡。

下樓走入黑夜的第一關就是穿過那公園，長髮女人離開後，我在打開樓下大門時總要深吸一口氣，一開門，公園裡不斷搔刮玻璃窗的那些枝枒就會伸進來，泥黑的根鬚拂過我的額頭，觸摸我的手心。女子夜裡獨行，一棵樹也會變得凶險不已。位於市中心的公園占地其實不算大，白天根本一無所懼，假使對它的「歷史」一無所知的話。樓下公布欄恆常貼著康樂里民的進香活動通知。康樂里旁的康樂公園，曾經有個更素樸一點的名字：十五號公園預定地。一九九七年怪手推倒在墳地上建起的家屋，推倒安康喜樂，立起公園綠意景觀豪宅。十五號連同旁邊的十四號公園預定地，那是一九四九年趕上末班車撤退來臺的舟山島、海南島人，已無安置之處，於是只好在人人避之唯恐不及的日人公墓區，將墓碑推倒當作建材，鳥居成了曬衣竿。

一九九六年，麥可．傑克森來臺開演唱會，無數歌迷徹夜在飯店外捧著鮮花禮物守候，只希望高塔上的王子能揭開簾幕揮揮手，從他下榻的晶華酒店頂樓總統套房往下望，還可以看見一片顏色斑駁的木造違建之海，在資本主義寸土寸金的都市蛋黃區顯得突兀不已。怪手推倒家屋也推倒當年為了克難建屋所推倒的墓碑，獨居老榮民腿一伸推倒了腳下那張椅凳，在麥可．傑克森旋風席捲隔年，一九九七年拆遷前夕，住戶翟所祥自縊身亡。

推倒地表上的鰥寡孤獨，地面下的冥界幽途仍持續蜿蜒，十四號公園前身，在五〇至七〇年代是極樂殯儀館所在，館主是黨國關係良好的上海灘殯葬大亨，專門承辦黨國要員的葬禮。五〇年代韓戰爆發啟動國際冷戰局勢，島內的白色恐怖壓迫達到高峰，極樂承攬獨門生意，源源不絕，五〇年代判死刑的政治犯特別多，在新店溪畔的馬場町槍決後，遺體送來極樂殯儀館，「極樂」這取名十足諷刺。極樂收費高昂，是一般人月薪的好幾倍，家屬常無力負擔，更多的是在肅殺的氛圍下不敢領回，遺體之於遺族猶帶著屈辱與禁忌，無主肉身漂流至六張犁亂葬崗，隨著時間淹沒雜草荒枯有些連名字都被埋進地下。

公園種了一排茄苳樹，總吸引一群聒噪白頭翁來覓食，外籍看護推著渾身縈繞病氣藥味的老人家出來，再日常不過的風景。

地景下是曾經在推土機前抗爭與吶喊以死明志，遭槍決的叛亂犯，比一九四九大江大海還遲來的末班移民，無論明瞭不明瞭這些「歷史」，夜晚穿越公園的女子害怕的不是考古地下根莖釋放出的幽靈與創痛，而是盤據公園角落活生生的人，常伴酒瓶的流浪漢。

理智上我都能理解，不應將任何族群貼上負面標籤，但潛意識裡人類最原初的恐懼不歸理智管轄，看見那皮膚黝黑樣貌的、渾身保力達B酒味檳榔味的，我小步快跑，迅速穿越公園，如泅泳渡過一片黑水。不怕不得善終的幽魂，只怕突然撲上來呼吸濁重的一具腥臭肉體。草叢裡有什麼東西在動？結果是黑貓追逐白貓躍出草叢，我叫罵了一聲，心臟也跟著牠們躍出喉頭，日常我遇見牠們總是滿心歡喜地開罐頭招呼來吃，夜裡黑貓琥珀色的瞳孔放大發亮，在暗處窺視我的還有哪一雙獸類的眼睛？

我怎樣會走進那個森林之中，我自己也不清楚，只知道我在昏昏欲睡的當兒，我就失掉了正道。後來我走到森林的一邊，害怕的念頭還緊握著我的心，忽然到了一個小山的腳下，那小山的頂上已經披著了陽光，這是普照一切旅途的明燈。一夜的驚嚇，真是可憐，這時可以略微安心了。從海裡逃上岸來的，每每回頭去看那驚濤駭浪，所以我在驚魂初定之後，我也就回顧來路，才曉得來路險惡，不是生人所到的。

——但丁《神曲》，王維克譯

為了抄近路，暗夜穿越公園的七分鐘，可能要付出一輩子當賭注，像是和柏格曼《第七封印》裡披黑袍塗白臉嘴角一抹冷笑的死神對弈。《神曲》裡誤入密林的但丁，望著山頂的一小抹陽光，只要爬上山頂，再回首這片幽暗，就會覺得方才的驚懼全是庸人自擾。人擅於預支未來，來度過當下的困頓，而驚懼是「當下」的存在，絲毫不能跳過。穿過公園來到大馬路，在十字路口等紅燈，對岸有間二十四小時營業的麥當勞，望著它我就心安，M字形的霓虹燈光又把我帶回人間，這盤棋我暫時贏了。

等紅燈時我刷手機，傳來一則死亡訊息，在尼泊爾山區失蹤四十多天的一對臺灣情侶終於被搜救隊發現，一陰一陽銅板兩面，一人滅頂，另一人生還。我讀著逝者臉書上最後的文字，當然，進入「洞穴」之後，他們已不能使用網路與外界聯繫。寫下文字之時他們還沒上山，仍滯留於印度平原，廢氣塵埃布滿的車陣中，旅途考驗著各種關係，特別是在炎熱地區，會生發《印度之旅》式的齟齬。那篇文章叫作〈穿越隧道〉，寫於二月七日，距離三月十日迷途失蹤，還有一個月的間隙。「穿越隧道」彷彿一句讖言，那是人類學「度過」儀式，大鯨魚肚腹裡的小木偶奇遇，六朝志怪小說中的洞天府地，隧道那頭可能柳暗花明別有生天，也可能誤入封了出口的廢棄礦坑，夭折封印於地底。穿越隧道之後，他們墜落，進入了黑暗洞穴。

在白天看來親切而美麗的地方，到了夜晚卻會成為登山者的地獄。當然，你能夠在太陽隱沒之前看出一些跡象，變成枯骨的樹木意味著季節的殘酷，霜凍的草原則意味夜間驟降的氣溫。盡可能不要全然相信任何地方，即使必須倚靠它。

〈十二號公路記事〉

每個人終其一生總是要進一次岩洞的，有的人很快，有的人可能要幾乎走到盡頭才會。回憶這種東西終究只能是回憶，食物味道會變、建築會消失，剩下的不過是彼此相互陪伴走到盡頭。

〈節錄自岩洞中筆記本〉

——劉宸君《我所告訴你關於那座山的一切》

死訊從南亞山脊傳回島嶼平地，已是死亡發生三天之後（如果搜救隊提早三天抵達，他將獲救）。十九歲的早慧，本質性書寫，即使沒有死亡，我仍會為這樣的文字釘住腳步瞬間石化，無法再往前進一步。遺稿整理出書，底稿全是他寫在散落的活頁紙上，包括帶入洞穴的最後那幾張。在終極的意義上，每一次書寫都是遺言，真正的作家能鑿穿同時代被庸俗環繞的厚壁，寫給牆外面，寫給五十年一百年之後的易感心靈。他意識他寫下的是遺書，也是燈盡油枯之際，當洞穴進入純然的黑暗，過去與未來的讀者都隨那簾幕一同降下，如今要交代的唯有自己，自己「最後的」書寫，存在這世上的最後一抹痕跡，他說：「直到這時，我才覺得自己真的成了作家。」

我被他帶回了二〇一三年我曾親歷的印度。馬戲團動物皆脫逃橫衝直撞的大路上，尖銳暴躁的喇叭聲敲打耳膜，從德里開車十二小時到達蘭薩拉，大部分時間都陷在車陣中，除了那些隨意可走上高速公路的牛羊。印象最深刻的還有長途運輸的大卡車上，總會綁縛著許多豔麗的彩色絲線，印度幅員廣大，貨物端賴這樣的大卡車東西南北運送，風塵僕僕的卡車就像是負重耐操的鐵牛，七彩絲線穿戴上身，少了苦勞多了活潑。循著活活潑潑的彩色絲線走向洞穴，憑著微弱的燭火在洞口張望，死亡是剛剛發生的事。

親愛的YH，二〇一七年四月二十七日凌晨，我讀著他的文字，驚嘆於一顆敏感卻早逝的心靈，妳卻「正在」死去，無人知曉的春日夜晚，妳的死訊，過了今晚在天亮之後才會傳開，再後來，以及更後來，妳的死亡不再具有親友讀者默默哀悼的私密性，而是成為一個事件，一場風暴，將妳的編輯妳的家人妳的摯友都襲捲其中。

我讀著逝者文字的當下，另一場死亡的原始碼開始啟動，妳「正在」死去，而我不會通靈，無從知覺，蝴蝶輕輕扇動翅膀，飛過衣櫥裡那根不起眼的橫梁，每個人家裡打開衣櫥都有的橫梁。親愛的ＹＨ，妳雖沒像他一樣搭飛機坐火車千里迢迢去到南亞走入真正的洞穴，這洞穴非柏拉圖的隱喻，潮溼漆黑能讓人絕望讓生命之火熄滅。妳只是就近打開家裡的衣櫥，絕大多數人的衣櫥裡都不會住著一隻萬能的小叮噹，但自妳打開衣櫥，不是挑選一件明天出門想穿的新衣，也不玩童年躲貓貓結束了妳還不出來的寂寞遊戲，而是把大衣毛衣連身裙輕輕往旁邊一撥，更往深處去，那麼妳沒有任意門便得到了自己的洞穴，進入了世界的反面。

世界的反面，麥當勞前面恆常盤據著幾個媽媽桑模樣的中年婦女，不時攔住經過的男人，無論什麼國籍一律先用日語開口，或許是夜夠深沉，她單刀直入地問：需要找小姐嗎？我是隻細小的雜魚，從她們的網篩裡隨水流去，我學生模樣的穿著打扮在這個時空格格不入。穿過夜半還營業簡陋鐵皮屋裡的小禮服店、情趣內衣用品店，穿過蟒蛇皮貼身窄裙、斑馬條紋提包、豹紋丁字褲如穿越一片莽原，我停在一排尖頭細跟高跟鞋前，無論是鞋尖或鞋跟都像是某種尖銳暗器，孤身走夜路的時候可以拿來攻擊，但我要先學會怎麼穿上它走路才行。

條通地帶有一間二十四小時營業的摩斯漢堡，夜裡的櫃檯前看不到幾個店員，可能都到背面的廚房去煎漢堡炸薯條，前檯無人也無妨，自動點餐機一字排開，夜裡孤獨進食的人寧願與面板交流。深夜照常運轉的便利商店、速食店像是螢光捕蠅燈，一個滿頭纏繞糾結灰辮的乞婦，以及伴隨她大大小小的塑膠袋，總是輪流在小七前面待一陣，頂呱呱前面待一陣，摩斯前面待一陣，乞婦無法在一處久留，待久了會惹人嫌。她像徹夜未眠的落魄公主，圍繞著她蔓延出去的塑膠袋像是她的蕾絲裙襬，人造光線照射下，她在這亮晃晃的店面外，大方坦露自己的囤積、髒汙、腐臭、腳趾縫中的黑泥垢。隔著一塊窗玻璃就是一塊乾淨明亮的地方，不管再深的夜裡都有面色青白、操勞過度的年輕人煎漢堡煮咖啡給陌生人喝。

乞婦啃著烏骨雞腳一隻接一隻啃得吱吱作響。深夜才出來擺攤的滷味攤，老闆是江湖味的刀疤大叔，滷味攤上十幾籃烏骨雞腳數量驚人。大叔面惡心細，會將冷卻的雞腳用麻油川燙過，焦糖色澤，入口即化。膠質對皮膚好，條通熬夜工作的人特別喜愛此種吃食，吃上十幾根才稍微有點飽足感，夜裡熬時間可以慢慢細嚼，勢必要嚼得拖泥帶水、滿手葷腥，屬於吃相粗豪的食物，卻十分合襯這條通的夜，世界的反面。

也有文雅吃法的深夜食堂，晚上九點才開張的日式咖哩店。店面不大，高腳椅圍著吧檯，白襯衫小背心繫著領結的服務生，熟練地煎好一份半生半熟的蛋包，平鋪在晶瑩黏Q的白米飯上，和醬色的牛肉咖哩一陰一陽合成太極。座上客大多是穿著格紋風衣，商務出差模樣的日本客，輕輕晃著高腳杯，紅寶石色澤的液體迴旋流盪。當我走到這裡的時候，我知道「燈火」已到尾聲，接下來沒有這些二十四小時營業的店家，會真正進入全然的黑暗。

我極為害怕
死去的樹葉，
害怕綴滿

露水的草場。
我要去睡了；
你若不喚醒我，
我會把我冰涼的心
留在你身旁。

——羅卡〈夜曲〉（節錄），汪天艾譯

沿著大路，不進小巷，是我夜間行走的自保之道。沿著林森北路前行，過了長安東路，已幾乎沒有什麼民宅或店家。穿過市民大道，會經過那片草原。

在「那件事」發生之前，草原沒有名字，或者說「草原」的稱謂對那塊用途與前途皆不明，長滿雜草的荒地仍嫌奢侈，充其量就是一塊雜草地。在靠近臺北車站的黃金地帶有這麼一大片待開發的草地，人們心知肚明它不可能留存太久，它屬於妾身未明的過渡地帶。

草地上長著一棵盤根錯節的大榕樹，有了這棵樹，遛狗的人來了，人在樹蔭下歇息，放狗在草原上大步奔跑。狗穿過長草區驚飛一群八哥，具侵略性又群體活動的八哥幾乎沒有天敵，這片草原逐漸成了牠們的棲居地，只有假日裡從公寓出來放風的狗群，才能驚動牠們高高低低此起彼落。

假日過後遛小孩遛毛孩的中產階級都散了，無人問津的雜草區，靈機一動的藝術工作者相中這塊地，搭帳篷蓋小木屋，放電影讀劇會，還沒被準確定義的過渡地帶正適合無政府主義。說「藝術工作者」太正經，不如說是一群無法定義的人，接案打零工，成年後賴在父母家，影展劇場地下社會跳蚤市集，毫無限制的自由時光。逐漸長成烏托邦的草原我去過一次，紀錄片影展的戶外活動，播放吳文光關於中國饑荒的實驗片。有人搬來大型木棧板，高高低低堆疊起來，形成看臺般的座位。還有第一批來到草原的藝術「先住民」不知從哪裡搬來幾個大型皮沙發，自在癱坐。不遠處有人用繩子甩動火焰，黑暗裡流火如金蛇舞動，傳來濃重的煤油味。

我被包裹在這樣恣意舒坦的羊水中，初夏的夜晚不冷也不熱，時有涼爽的微風，以及面生又面熟的人遞來一瓶啤酒。都是敢於抵抗教條，不喜歡被規訓的人種。

這樣的植株本該栽在與世隔絕的深山野嶺，卻意外地被種在臺北市中心。無政府去管束的平衡一旦被破壞，摻進了雜質，代價是一個年輕女子的死亡，強暴分屍案，在市中心的一塊草地上。

她並非孤獨地死去，在內外界線不明顯的帳篷區，布幕掀開，就是徹夜活動的「草民」。她死於對理想烏托邦空間的全然信任，她死於明明不難逃脫卻折疊起來的蜷曲空間，她死於鏡面後的倒反世界，她死於世界的反面，加害者與受害者曾共享草原的自由氣息，邊界模糊，人的形體潰散，於是跑出獸來。

「事件」發生半年後，再經過那塊草地，帳篷木屋棧板沙發撤得乾淨，網路鄉民公審、媒體的獵奇報導都告一段落，只剩下我瞳孔中殘留的蜃影。退潮後，只有那棵大榕樹還留著，垂下的鬚根在夜裡顯得陰森可怕，讓人一點都不想靠近。白天經過，寒冬稀有陽光一旦灑下，那黑暗就沉落地底成為地窖，假日裡中產階級又帶著飛盤狗來了，主人手上的圓盤擲出一個漂亮的拋物線，黃金獵犬助跑、起跳、接住，一氣呵成的暢快。紐西蘭導演彼得．傑克森在《蘇西的世界》也構築了一個點滿燭光的地下世界，隱藏於草地之下。豬籠草透過籠蓋下的蜜腺分泌蜜汁引誘昆蟲，女孩只要一旦走下階梯，豬籠草光滑的瓶口就會讓小昆蟲再也無法攀爬出去，被清水般的消化液分解於無形。

> 人的實質僅存在於此：能夠從變化和毀滅中無限地倖存下來。這樣的剩餘，這樣的脆弱，恰恰是持續保留之物，抵抗著個體生命和集體生命的變遷沉浮。
>
> ——阿岡本《工作室裡的自畫像》，尉光吉譯

黑暗中不要再往草原深處走去，遠離大榕樹的髮絲鬚根。草原的邊沿，靠大馬路有一棟白屋，牆上有藝術氣息的塗鴉，像什麼策展空間。大片玻璃窗望進去，原有的文創空間像是廢棄許久，又一個被棄置的蚊子館。白屋前面的紅磚道上，仍有幾棵榕樹，蟒蛇一般的根鬚，從紅磚下穿刺突出，使得路面凹凸不平，形成一陰暗的結界。夜行經過這裡，我寧願走到馬路上，而不走在紅磚道上。侵略的樹形與不斷擴張的根莖，感覺就快將整間白屋包覆起來，回到蠻荒。

穿過白屋與榕樹之間的結界，喀登喀登，鐵道尚未埋入地下，昭和十二年

（一九三七）啟用的「樺山驛」車站，是白屋的所在。取名「樺山」是為了紀念日治時期臺灣第一任總督樺山資紀。樺山驛原為貨運用途，腹地廣大，大草原的前身是四千五百坪貨運倉庫。一九四九年國民政府撤退來臺，將「樺山」的木字邊移開，成了「華山」，中華民國的華。華山站，始終不會出現在火車時刻表上，因為這裡是貨運集散地，只載貨不載人。

只載貨不載人，唯一個例外，是把人當貨物一樣運載。一九五〇年五月十五日凌晨，第一批押往綠島的白色恐怖政治犯，從保安司令部軍法處看守所出發。

一九五三年一月四日，軍法處派人核對名單，宣布明天要出發去綠島。同行的女性，有將近二十幾位，幾乎是在臺北監獄同房過的難友。一月五日，一早我們從臺北監獄出發到軍法處，與各地羈押的難友會合後，坐戒護車到華山貨物站，搭早上十一點的貨車南下高雄。往高雄的貨車像載豬仔，人滿為患，一半衛兵，一半囚犯，連坐都成問題。

——陳勤口述，收錄於《流麻溝十五號：綠島女生分隊及其他》

華山站，仍然不會出現在火車時刻表上。帶著現代主義風格牛眼窗的月臺，在五〇年代，黑夜中常有一群行動的隊伍，受刑人兩兩以手銬相連並行，空出來的那隻手提行李。從青島東路三號的保安司令部軍法處出發（現址為喜來登大飯店），沿著青島東路走到華山貨運站，搭上載送貨物的列車往北（基隆）或往南（高雄），再從基隆港或高雄港搭上搖晃得厲害的登陸艇往綠島，登陸艇原來拿來裝載軍車、坦克車，受刑者被關在空氣不流通的船底，終點是流麻溝十五號。

直到一九八七年解嚴之前，我讀國小的時候，學校裡還每年舉辦保密防諜作文、繪畫、書法、演講比賽。我時常參加各種比賽，領回一疊厚厚的獎狀。在繪畫比賽裡，我總把匪諜畫成小偷一樣的猥瑣模樣，月黑風高戴上面罩只露出凶光的賊眼。「匪諜」宣傳正如納粹畫報裡的猶太人，塑造成獐頭鼠目的害蟲模樣。一九八四年，終於來到歐威爾預言的年分，我參加保密防諜作文繪畫比賽又得獎，渾然不覺在離家不遠的臺大，幾年前旅美學者陳文成返國後，死在校園草皮上。真正的「匪諜」許多是像陳文成一樣的知識分子模樣，作家、記者、大學生、教授，還有醫生。

陳英泰在回憶錄裡提到兩位難友蘇友鵬和胡鑫麟，五〇年代初，兩個臺大醫生用手銬銬在一起，從軍法處走到華山貨運站，不約而同用德語說：「這是死亡行軍」。當時離二次大戰結束不過六、七年，納粹集中營的印象猶然清晰。行刑總在凌晨時，有一些人被叫出來在中庭集合，此時二樓囚房的窗戶被強制關下，邁向死亡的容顏不允許暴露在眾人的視線中，禁忌要被封印起來。

在軍法處，凌晨聽到喇叭（號角）聲就是有人要拉去馬場町槍決，他們赴刑場的車上，我們同時也會聽到喊口號的聲音。

——陳勤口述，收錄於《流麻溝十五號：綠島女生分隊及其他》

獄方並沒有告知他們目的地。兩位醫生以為會被帶到馬場町槍決。最後的行軍，就像一九四五年初的寒冬，二戰將近尾聲，納粹德國即將戰敗，史達林的蘇軍從東線逼近，德國人往西邊撤退時，還不忘催趕奧斯威辛集中營裡瘦成皮包骨的猶太人一同上路。這些都是經歷多次「篩選」後，逃過毒氣室與焚屍爐，倖存的「殘留物」。在原地還來不及「銷毀」，藉著寒冬降雪，讓衣著單薄且長期營養不良處於饑餓狀態的猶太人在途中自然淘汰，稍有落後者就在路途中射殺。

兩位年輕醫師在華山貨運站上了貨車，來到港邊，以為會被推到海裡填海。一艘登陸艇張開肚腹，將所有人塞在不見天日沒有窗戶的艙底，暈晃嘔吐酸臭屎尿臭氣瀰漫，噩夢一般的場景，並非當局精心設計的折磨。純粹就是，人成為貨品，按件運送。

曼德爾施塔姆沒有錯，他生來不是
坐牢的，但牢房已經為他
造好，無數的集中營和監獄
在耐心地等著他，運貨列車
和骯髒的營房，鐵路道岔
和陰暗的候車室一直在等
直到他到來，穿皮夾克的

祕密警察和面色紅潤的御用文人
一直在等著他。

——扎加耶夫斯基〈曼德爾施塔姆在費奧多西亞〉（節錄），李以亮譯

將人當作貨品運送，史達林和希特勒都做過。集中營倖存者、化學家普利摩·李維在《如果這是一個人》，回憶從義大利啟程，出發之前，德國士兵注重關押所的清潔衛生，從不粗暴對待，使得猶太人覺得，「上路」或許不是什麼壞事。「德國人以一種一絲不苟的方式點了名，之後我們被迫適應這種詭異的精確。最後，『有多少件』，元帥如此問道；下士立馬敬禮回覆：共六百五十『件』，一切正常」，點貨完畢，羞辱開始，「在這裡，我們第一次遭到毆打：整件事是那麼的陌生和不合邏輯，我們甚至沒有為此感到痛苦，不論是身體還是靈魂。只有一股深沉的震驚：人如何能夠如此不帶憤怒地毆打另一個人？」嫻熟於心理學機制的德國菁英，精巧而殘虐的設計，沿途不給一滴水，口乾舌燥到了極致，嘴唇乾裂出血，儘管曾聽過毒氣室偽裝成淋浴室的傳聞，缺水的痛苦，仍然讓他們一下火車迫不及待要走進

淋浴室。

安・艾普邦姆的《古拉格的歷史》提到往勞改營的運送過程，一九三〇年代史達林大清洗，將許多標記為富農、人民公敵的人送上列車。「許多經歷過類似押送過程的倖存者從護衛人員年輕且缺乏經驗的角度切入，試圖解釋犯人受到的不尋常虐待。……他們認為這些人跟獄中訓練有素的劊子手不同。『那不是明顯的邪惡，不過就是漠不關心。他們不把我們當人看，我們在他們眼中只是人肉貨物。』」。源源不絕的「人肉貨物」，讓負責運送的低階守衛心生不耐，跨越整個西伯利亞，動輒十幾天的路途，時常一天只給一次水喝，或者乾脆不給水喝。水不夠喝並非警衛有意折磨，提水是「額外」的工作，且具一定風險，守衛不想自己花力氣去提水，監督犯人去提水，就會有讓他們逃跑的風險。一旦讓「牲畜」多喝水，他們就會有不斷要求上廁所的請求，這都會造成守衛工作上的困擾。「厭煩，或者再加上必須負責這種低級工作的憤怒。索忍尼辛從守衛的角度思考：工作繁重、人手不足，還得走很遠拿桶子去提水，這件差事本身就很汙辱人，蘇聯士兵何必要像驢子一樣提水給人民公敵喝？」

二〇〇九年，臺北市政府推動「臺北好好看」，將華山車站內的蒸汽火車、加水煤臺完全拆毀，四千五百坪的貨運倉庫也完全拆除。殘留下來的，那幾對被塗脂抹粉的牛眼窗，無言地張望，在黑暗中對我眨眼睛。怎麼說呢？也許是第六感，當我還不知道它背後的白色恐怖歷史，每當我走過白房子前，總是忍不住一陣觳觫。

梁惠王見有人牽著一隻牛從堂下經過，問他要做什麼，那人回答：要牽牛去宰殺，祭祀時用牛血塗抹鐘鼎。梁惠王說了很有名的那句話：「吾不忍其觳觫，若無罪而就死地。」若無罪而就死地，為祭祀犧牲的牛羊（梁惠王雖心有不忍，之後卻以羊替代了牛），感恩節的火雞，送往集中營的猶太人，運往勞改營的富農，手銬手走向樺山驛的好男好女……鐵軌已被撤走，都市更新後記憶被粉飾太平，此處已難以讓後人想像，機會與命運，偶然與巧合，長長的鐵軌延伸至何方？處決場、流刑地或者惜別的海岸？

還能選一條更荒謬的路線嗎？
聖馬蒂諾大街上有個蟻穴

電車軌道近在咫尺，
一條長長的螞蟻的棕色隊列，
在鐵軌上展開
它們相遇時臉部相觸
似乎在試探它們的前程和命運。

——普利摩．李維〈棕色的隊列〉（節錄），陳英、孫璐瑤譯

親愛的YH，妳離開的這個夜晚，我經過樺山驛，再往前走幾百公尺就來到「東所」。夜沉到最底，破曉之前，天空是一種釉下藍的顏色。十六歲的少女張常美，讀高中的時候，成績優異當選為學校的自治代表，因自治會長被指為共匪而遭到株連。未成年的張常美進到軍法處的監牢裡不久，已學會觀察生死輪迴。牢房的另一邊是法庭，只要見到半夜燈還亮著，就知曉槍決的命數正被定錘。在五〇年代較大規模的草率處決時期，法庭現場照例不會有當事人也不會有律師。

「吾不忍其觳觫，若無罪而就死地。」

動物的第六感或許強於已習慣理性思維的人類，最恐怖的不是走上刑場，從容就義或觳觫受死，而是死前前不著村、後不接店，荒漠般的空白未知。

法庭燈亮，巡守拉開大門，腰間鑰匙碰撞，插向哪一間鐵門，喊叫同房哪一個名字，或者用誘騙的方式，使人面對死亡措手不及。

少女張常美目送的最後兩件死亡是丁窈窕、施水環。親愛的ＹＨ，她們都是妳臺南女中的學姐。長相清麗的施水環，去世的時候，年紀與妳相當。在張常美的描述中，當時是以家人「接見」的名義將兩人誘騙出去。十六歲的張常美比丁、施早入監，她的綽號叫小鬼，年紀雖輕，已是老鳥。她知道在審判定讞被告知案情前，不會安排家屬接見。用誘騙的方式是為了減少抵抗，還是讓獄卒的心裡能比較好受，已不得而知。死刑犯走向刑場的最後一哩路，有大部分人是腿軟癱倒無法走路，要旁人攙扶才能走完全程。誘騙的方法，在納粹第三帝國達到極致。黨衛軍盡量減短火車下車處往焚化爐的距離，鐵軌原先只鋪設到奧斯威辛一號營，為了加快滅絕速度，延伸到二號營比克瑙，比克瑙是滅絕營，鐵軌直直延伸至比克瑙內部，而鋪設鐵軌的，就是猶太人本身。

在車上乾渴了幾天幾夜，一下車就說要去洗澡，洗完澡就有熱湯喝。毒氣室偽裝成農舍模樣，以暖色系的紅磚建造，上有煙囪，從外表看來，頗有德國浪漫主義的田園風情感。猶太人沿著斜坡，循序走入地下室（無人懷疑，為什麼淋浴室要蓋在地下室）。進入「淋浴室」前是更衣室，白牆木凳，牆上有標記著號碼，掛衣服的掛鉤。有人好心「提醒」：等會出來，要記得掛衣服的號碼呀！衣服脫了進到浴室，甚至有假的蓮蓬頭，寒冬時還細心地備置暖爐（真正的作用是先加溫空氣，好讓殺蟲劑易於揮發擴散）。地窖裡沒有窗戶，僅上方有一處讓人搆不著的小洞，投藥的都是黨衛軍，最後的步驟不假手他人，黨衛軍官搭乘紅十字會標誌的救護車，像「護送」聖杯一樣地送來齊克隆B，齊克隆B是原來在商船上拿來殺老鼠的毒藥。

公寓外頭，寒鳥啼霜，路樹哭葉，她有一種清涼的預感。她很愉悅，又突然隱約感覺到頭手還留著混沌之初，自己打破媽媽顛撲不破的羊水，那軟香的觸感。她第一次明白了人終有一死的意思。

——林奕含《房思琪的初戀樂園》

親愛的ＹＨ，讀《流麻溝十五號：綠島女生分隊及其他》，收入施水環的六十八封家書。我印象最深刻的是，被刑求後眼球突出腫大，不復清麗面容，她沒有跟家人說。牢裡粗礪難以入口的食物，她也沒有多說。她是一個體貼的臺南女兒，她只是一而再，再而三，卑微地希望家人能送來一個熱水瓶。

第一封信的書寫日期是一九五四年十月三日，二十九歲的施水環，從獄中寄出第一封家書。施水環在一九五四年七月十九日被捕，在偵訊期間遭受酷刑，右眼受創腫大，同年十月一日轉押至軍法處，她才能寫信回家報「平安」，第一封信，她全然不提自己所經歷的非人折磨，只是用娟秀的字體淡淡地向母親提及生活所需：

> 女兒於十月一日已送到此地，因剛來心情不安，生活還缺乏些東西，感覺到許多不便，幸而身體還健康，請放心。請給我寄來面盆、牙杯（有蓋子的）、熱水瓶等。

第一封信就提及的「熱水瓶」這個物件，此後將反覆出現在施水環的信件中。五〇年代地球尚未暖化，臺北冬天的氣溫比現今低得多，施水環在第二信（十月十日）提到她在監獄裡用冷水洗浴，天很涼了，請媽媽下次寄棉被過來。母親為了莫名繫獄的女兒，從臺南北上，借住親戚家，為施水環張羅一切。第四信（十月二十五日）女兒寫：「想年老力衰的媽媽在臺北過冬天的話，使我很心痛，我那件大衣請媽媽拿去穿。」

獄中伙食難以下嚥，施水環當然沒在信裡提，只請母親寄一些麵茶來，如果有個熱水瓶的話，就可以沖泡補充營養，捱過嚴冬。冷得受不了時，也可以用熱水沾毛巾稍微擦拭身子，不必再忍受冷水澡。隔年一九五五年一月十一日，施水環第十信中再次提到熱水瓶：「寄在二姑那裡的東西只有熱水瓶還沒有接到，我已經寫信請她送來了，請放心。」

她同時寄給在臺北的二姑，是為第十一信：「昨天家母來信說一個熱水瓶寄在您那裡，假如您用不著的話，請送來給我好嗎？」卑微地索討，怕給親戚製造麻煩，想要有所回饋：「您不是需要一件毛線衣嗎？請寄毛線來讓我打好嗎？」

又過了一個月，二月七日的第十三信：「請二姑轉的熱水瓶我還沒有接到，請代問一下。」二月二十七日的第十五信，施水環心灰意冷地說：「二姑大概沒有接到我的信，我想熱水瓶不再寫信請求要了。」

接下來春天、夏天，也許熱水瓶不那麼必要，直到一九五五年十一月，施水環在牢裡度過的第二個冬天，節氣小雪前後，十一月二十一日的第三十四信又提起：「這裡朝夕來三次開水，如果有熱水瓶就很方便，去年托二姑，可是沒有寄來的熱水瓶，現在不知怎樣？還在她家嗎？那麼能不能請她再送一趟。」

一個半月後，隔年一九五六年一月九日的第四十信：「這兩三天西伯利亞的寒流突然襲來，凜冽地北風使我從肚子裡一直發起抖來。」即使捱過嚴冬，早春依然絲絲入骨地寒冷，第四十九信（三月十二日）：「雖然春天到了，但窗外的陰風淒雨仍在不斷，天氣還是那麼冷。」

一九五〇年代是白色恐怖的高峰，逮捕人數眾多，軍法處的押房空間狹小，無法平躺休息，夜裡須輪流睡覺。夏天時環境擁擠惡臭，押房內蝨鼠猖獗，人犯伙食極差，多營養不良。熱水瓶到底收到了沒？信中無提及。施水環開始要母親寄一些胃藥來。

因為胃病，到了初夏，五月二十六日的第六十信，她時隔半年再度提到熱水瓶，有熱水她才能泡容易消化吸收的牛奶喝：「媽媽望您接到信後請盡想辦法給我寄一個熱水瓶，及一罐（KLIM）奶粉和水果若干（熱水瓶郵寄也許會打破，如可能的話，最好請臺北的親友來所代送給我）。」總計從一九五四年十月的第一信，到一九五六年五月的第六十信，施水環已經在信中提到七次熱水瓶，自己都感覺不好意思，她補上一句：「媽媽恕我！無理的要求。」

從這些信件，我們無從知道施水環究竟是為什麼沒有得到她朝思暮想的熱水瓶？是寄來的途中摔破了？還是臺北的二姑害怕牽連不願意代為轉交？或是在最後一關被獄卒惡意攔截？直到一九五六年七月一日的第六十五信，施水環很開心地跟姊姊說，她終於得到一個熱水瓶，是一位難友交保回家不再需要，送給她的。難友說：「這是主要我賜送給你的，願主的溫暖暢流在你的心靈上。」

願主的溫暖暢流在你的心靈上。施水環在東所關押一年十個月，在得到熱水瓶的二十多天後，一九五六年七月二十四日被槍決。

施水環從獄中共寄出六十八封信，最後一封信於槍決兩天前寄出，收信人是姊姊，信中寫：「昨天接到媽媽寄來的郵包，趕快打開一看，呀！這麼豐富的肉鬆、魚鬆和水果，料想這種水果一定是我家院裡出產的，想著、想著，思鄉的淒念忽然湧上心頭……」

當她被發現橫陳在一張公園長椅上時，人們還當她是昏迷了。但她不是昏迷，而是睡著了，經由一種比睡眠更為深沉的休憩進入了睡眠裡。

——布朗修《黑暗托馬》，林長杰譯

親愛的ＹＨ，夜路走到喜來登大飯店，抵達世界的反面，已是盡頭。走到這裡剛好是凌晨四點半，不能是三點，也不能五點。凌晨四點半，魔術時刻，狼狗時光，才能得到天還沒完全亮透的那種「釉下藍」，晨曦被一塊藍布勉強罩住，等那沉鬱褪盡，天色通明，反而不那麼好看了。

走在路上，先是天光的瞬息變幻，接著是鳥叫，雀鳥，白頭翁，綠繡眼，斑鳩，八哥，喜鵲……還有更多我無法辨認的，高低音此起彼落，藏在行道樹一蓬一蓬的綠屋裡對答，趕在市聲喧騰前混聲大合唱。

早班公車，第一班捷運要發車了，於是賣早點的攤子爐火也熱上了。華山市場二樓夾蔥蛋的厚燒餅，金山南路的養生紫米飯糰，切過大半個臺北，快到家時，師大路盡頭的鴨肉冬粉，有人挨著鍋爐熱氣點上一碗呼嚕地吃，旁邊的豆漿店也開了，趕早來買的都不為燒餅油條，包進滑溜粉絲與脆爽高麗菜的水煎包，外面煎得微焦，我要是吃，一次可吃進好幾個。

釉下藍的早晨。妳不在的新世界。

Literati

春山文藝 032

夜遊：解嚴前夕一個國中女生的身體時代記

作者　房慧真
總編輯　莊瑞琳
責任編輯　莊舒晴
行銷企畫　甘彩蓉
業務　尹子麟
封面設計　朱疋
內頁插圖　朱疋
內頁排版　張瑜卿
法律顧問　鵬耀法律事務所戴智權律師

出版　春山出版有限公司
地址　116臺北市文山區羅斯福路六段297號10樓
電話　(02) 2931-8171
傳真　(02) 8663-8233

總經銷　時報文化出版企業股份有限公司
地址　桃園市龜山區萬壽路二段351號
電話　(02) 2306-6842
製版　瑞豐電腦製版印刷股份有限公司
印刷　搖籃本文化事業有限公司

初版一刷　2024年6月
定價　400元
I S B N　978-626-7478-02-8（紙本）
978-626-7236-99-4（EPUB）
978-626-7478-04-2（PDF）

國家圖書館出版品預行編目（CIP）資料

夜遊：解嚴前夕一個國中女生的身體時代記／房慧真著
—初版．—臺北市：春山出版有限公司，2024.06
—312面；14.8×21公分．—（春山文藝；32）
ISBN 978-626-7478-02-8（平裝）
863.55　113004905

春山出版
填寫本書線上回函

EMAIL　SpringHillPublishing@gmail.com
FACEBOOK　www.facebook.com/springhillpublishing/

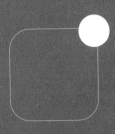

From Interest to Taste

以文藝入魂